海鷗

契訶夫經典戲劇新譯

【修訂版】

出版 1896 - 2016 版
版 120 週年紀 念

櫻桃園文化

國家圖書館出版品預行編目（CIP）資料

海鷗：契訶夫經典戲劇新譯（修訂版）/ 安東‧
契訶夫（Anton Chekhov）著；丘光 譯 . --
二版 . -- 臺北市：櫻桃園文化 , 2020.12
176 面；14.5x20.5 公分 . -- (經典文學；9R)
ISBN 978-986-97143-3-4 (平裝)

880.57   109018489

經典文學 9R
海鷗：契訶夫經典戲劇新譯【修訂版】
Антон П. Чехов. Чайка.

作者：安東‧契訶夫（Anton Chekhov）
譯者：丘光
責任編輯：丘光
編輯助理：林佳萱
校對：熊宗慧、林佳萱
版面設計（封面及內頁）：丘光
出版者：櫻桃園文化出版有限公司
地址：116 台北市文山區試院路 154 巷 3 弄 1 號 2 樓
電子郵件：vspress.tw@gmail.com
網站：https://vspress.com.tw/

印刷：世和印製企業有限公司

總經銷：遠足文化事業股份有限公司
地址：231 新北市新店區民權路 108-2 號 9 樓
電話：02-22181417　傳真：02-86671891

出版日期：2020 年 12 月 18 日二版（修訂版）1 刷
　　　　　2023 年　5 月 31 日二版 2 刷（тираж 1 тыс. экз.）
定價：320 元

本書譯自俄文版契訶夫作品與書信全集：Антон П. Чехов. Полное
собрание сочинений и писем в 30-ти томах, Издательство: Наука.
Москва, 1984

海鷗

契訶夫經典戲劇新譯
【修訂版】

Чайка

Антон П. Чехов

安東・契訶夫 著　　丘光 譯

海鷗與我

提煉經典的十六個瞬間

一百二十年前契訶夫的《海鷗》問世，時間將之淬成不朽
經典。當下的我們，或導或演，或讀或看，提煉這經典的
每一個瞬間，即是對契訶夫深深致敬的凝視。

（以下按姓名筆劃排序）

劇作家與導演的戰爭

莫斯科藝術劇院的大幕上，有一隻海鷗，至今仍翱翔著。劇作家
契訶夫說《海鷗》是一齣四幕喜劇，但導演斯坦尼斯拉夫斯基卻
把這個作品導成一齣傷感的作品，從此劇作家和導演之間的爭戰
永無止歇。二〇一二年我首次執導《海鷗》，誠惶誠恐，致力要
展現劇作家的立意，因此將劇中角色彼此之間的愛恨情仇全用霹
靂火爆風格的方式演出，效（笑）果十足，但最後一幕男主角康
士坦丁開槍自殺，真的還是很難讓人笑得出來。

儘管契訶夫對斯坦尼斯拉夫斯基處理他的劇本始終不甚滿意，但
他著名的四齣大作《海鷗》、《三姊妹》、《凡尼亞舅舅》和《櫻
桃園》卻都是莫斯科藝術劇院的製作下發光發熱，而契訶夫在當
時所寫下的這些新文本，也讓斯坦尼斯拉夫斯基不得不去開始研
究並發展新的表演形式來因應，而這也造就他對後世影響深遠的
自然寫實表演訓練體系。

——劇場導演、台南人劇團藝術總監 **呂柏伸**

象徵

母親臨窗許久。我就近張望，不時三兩隻雀鳥棲停在窗台盆花間。
她將小米倒在托盤，移至牠們憩息之處。就如此看了一個下午。
看來往的雀鳥還是雀鳥，飛翔還是飛翔。瑣細交談。沒有隱喻。
沒有難解的死亡使事物貌似象徵。沒有進入詞語，成為失敗的句
子。一齣首演失敗的作品。我們只是看著雀鳥輕啄小米，然後飛
離。那唯有契訶夫能洞穿之日常，「看這隻海鷗也一樣，顯然也
是個象徵，不過，很抱歉我不了解……」我想起他並默唸著妮娜
的台詞。

——作家、《幼獅文藝》主編 李時雍

藝術還是永久的

九月初的一個晚上，丘光帶我們在莫斯科城中心閒逛。 突然他對
我說：「快抬頭看， 屋頂有海鷗的標誌。契訶夫的《海鷗》在這
個劇場演出，終於成功了。」這就是鼎鼎大名的莫斯科藝術劇院，
前面的一個小廣場還有斯坦尼斯拉夫斯基和另外一位導演丹欽科
的銅像。
這一場「偶遇」，令我禁不住想到幾十年前在台大外文系四年級
修的「西洋戲劇選讀」的課，黃瓊玖教授親選的教材，內中就有
《海鷗》。這是我第一次讀到這位俄國大師的作品，從此愛上了
十九世紀的俄國文學。這本由丘光翻譯的新譯本的出版，對我有
「劃時代」的意義。 時代變了， 藝術還是永久的。

——香港中文大學講座教授、中央研究院院士 李歐梵

如何擁有一隻海鷗？

於蔚藍海岸之上的海鷗，大大伸展健美的翅膀盤旋覓食。這時一個輪廓模糊的獵人擎著長槍斜跨在退潮後的暗礁上，兩聲槍響意外地並不響亮，反倒像一陣久病的悶哼，空中的身影便失去動力往下墜落。

倘若此時海鷗尚有氣息，該將牠帶有褐紋的頸子直截扭斷，還是將牠攜回療傷，而後再豢養於籠中？

一隻被囚禁的海鷗被剝奪了自在飛翔的能力，還是海鷗嗎？一隻死去的海鷗，與海鷗的習性斷絕，還是海鷗嗎？

親手擄取海鷗的獵人，立在崖邊陷入進退兩難的苦思。

——詩人 夏夏

有一齣喜劇在未來

我在構思一齣關於《海鷗》的戲，是把劇中的戲中戲完整寫出來。《海鷗》一開場的戲中戲沒有標題，契訶夫只給出片段台詞，還有出現紅眼睛的舞台效果。但從我的角度來看，這個劇本很有趣，更激進，更像當代的新文本。原本妮娜對這齣戲根本不瞭解也不喜歡，可是到了第四幕的最後，她忽然懷念起這齣戲，還朗讀了一大段獨白。如果寫得出來，我的人生就是喜劇了。

——台北藝術節藝術總監 耿一偉

讓人真正感動

契訶夫的劇作中，我最喜歡的是《海鷗》，其次是《凡尼亞舅舅》。
隨著自己年紀的增長，每次重讀契訶夫的劇本都讓我越發讚嘆。
懂得技巧的藝術家很多，真正讓人感動的，其實很少。契訶夫與
二十世紀後喜歡擁抱主義標籤的藝術家們是多麼的不同啊！

——作家、東華大學英美語文學系教授 **郭強生**

不再害怕生活

二十年前，莫斯科藝術劇院來台灣演出《海鷗》。當年那個坐在
國家戲劇院四樓最後一排的小女生，和故事中的妮娜一樣，熱愛
表演，但什麼都不懂。二十年過去，經過了生活的磨練，我看懂
了契訶夫對人性的刻畫，看見他用喜劇包裝的現實人生，而他藉
妮娜的口說出的話，仍然提醒著所有嚮往劇場的人們：「我們的
事業——無論我們是在舞台上表演或寫作，都一樣——重要的不
是榮耀，不是出名，不是我所夢想過的那些東西，而是要能包容。
你要能扛起自己的十字架，並且要有信念。我有信念之後，就不
那麼痛苦了，當我想到自己的使命，就不再害怕生活了。」

——演員、表演指導 **陳佳穗**

情感教育

不管經過幾年，重讀幾次，《海鷗》對我而言，總是饒富新意。
有時我想這確是喜劇，簡潔諧擬中二世界裡，角色如何用自我戲
劇性，將庸常渲染得堪可懷想。有時我想，這其實是悲劇，平白

洞穿人們已與想望之未來，徹底隔絕了的悲傷。所有話語，既是徒勞調笑，又是執著熱望，而最奇特的或許是，契訶夫以此話語風格，一再對觀眾演練的情感教育：多年後，我們比較明白，喜劇更是一種漫長的藝術，如他始終的宣稱。這一切，都從《海鷗》開始。

　　　　　　　　　　　　　　　　　——小說家 **童偉格**

致那個憂鬱並不廉價的時代

　　為什麼您總是穿黑衣服？

　　這是為我的生活守喪。我很不幸

這兩句台詞是《海鷗》的開場對話。憂鬱傷感穿越一百多年，仍像一首藍色的詩歌，感染著不同世代、在現實中夢想挫敗的觀眾。戲劇史上，很少劇作家，如契訶夫那樣，以非常有限的作品，打開戲劇史全新的一頁。也許，正因為他並非以技巧取勝，而是探尋時代困局，從平凡生活，觸感心靈顫動的劇作長材。

一八九〇年他到庫頁島旅遊，深入瞭解到俄羅斯社會上的不公平和困境。翌年多處發生饑荒，他便寫出《庫頁島遊記》和其後的小說代表作《第六病房》，正如他對蘇沃林所說：我們有數萬人被關進監獄，我們不講理的任他們墮落、腐化、野蠻下去，把一切罪惡加到他們身上。現在，我們為病人做了不少事。但對監獄的人，我們做了什麼？

契訶夫在文學及戲劇上，一直是充滿寬容與感性的醫生，面對著

病入膏肓的俄羅斯，這份憂鬱情緒一籌莫展，使《海鷗》的鎗響、
《凡尼亞舅舅》的記帳、《三姊妹》的火災和《櫻桃園》那斷裂
的聲響，宛若最後沉痛的生命吶喊。傷感而不廉價。

——台北藝術大學戲劇系副教授 黃建業

人生百味，全入戲

真實的生活總是這邊多點那邊少點什麼的

生活的真實也總是與夢想、挫折、榮耀、屈辱同在

當海鷗從美麗的生物成了櫥櫃的標本

無望的愛戀、美好的歲月，都在劇中

振作的、拖滯的、青春的、凋零的

溫柔的、冷漠的、幸福的、痛苦的

劇中充滿生命的種種滋味、也有關乎創作的思語

作者契訶夫說這是「四幕喜劇」，

但我感覺這劇本一如人生，

悲歡交加

——劇評人、「那個劇團」藝術總監 楊美英

戲中戲，套中人

一八九三年，契訶夫醫生三十三歲，在照顧病人時不意感染了肺
結核（當年是不治之症），他知曉來日無多，果然于十年後（一九
〇四）撒手人寰。

契訶夫醫生寫作調門向來不算高，卻先天賦有非凡的抒情魅力，

兼一付觀照人情世事的冷眼和熱心，還有隨之而來的，他獨而特之的機智及幽默感。

《海鷗》發表於一八九六，是他暮年四大名劇的漂亮起手式。在時間和時代雙重壓力下，契訶夫似看透了俄羅斯生活及民眾身上某種宿命性東西，他以此劇咀嚼，回味人生的諸多無奈與輪迴，探討有關新舊世代，藝術人生，內外真假的存在命題，而將一切歸結於「套中人」式的荒謬人生：每個人既是一部「戲中戲」，也是某種不自知的丑角。

有意思的是，這四大劇乍看皆悲愴，蒼涼無比，契訶夫卻始終堅持，他寫的是「喜劇」。而這也是，除了形式表層上的突破，契訶夫留給現當代劇場最逗人深思的啟示。

——詩人 **楊澤**

要相信，並且誠懇

一九九四年初，莫斯科藝術劇團在台北國家劇院演出《海鷗》。我受邀參與作業，得以更認真探索契訶夫，引發的思考不斷啟發我日後的生活與俄國文學教學。女主角妮娜常說自己像海鷗，嚮往美和自由；也像流浪者，永遠高低盤旋，尋尋覓覓。歷經挫折，妮娜終於明白，莫將生命的價值寄託在別人掌聲裡，要相信並誠懇喜歡自己的追求，才能即使受傷，繼續勇敢，展翅飛翔。契訶夫卓越的哲學深度和文化高度引導人們學習悲憫，看見希望，是此劇的重要價值。

——台大外文系退休教授 **歐茵西**

我擁有的

八年前我在英國買了一鎊的《海鷗》二手書時，我只看得見妮娜，一心一意想成為一個演員的女孩。八年後我讀著這本新譯的《海鷗》，我卻被裡面兩位寫字的男士勾著心。八年前，我正為該如何成為好演員而每日愁容滿面，對未來的恐懼拉扯著一個不健全參雜著幻覺的夢想。八年後的今天，我一邊演戲一邊有了自己的出版品，努力創造文字讓自己滿足，同時小心渴望著讚賞與肯定。原來「無論我們是在舞台上表演或寫作，都一樣——重要的不是榮耀，不是出名，不是我所夢想過的那些東西，而是要能包容。你要能扛起自己的十字架，並且要有信念。我有信念之後，就不那麼痛苦了，當我想到自己的使命，就不再害怕生活了。」是的，我已不再害怕。謝謝你，契訶夫。

——演員作家 鄧九雲

沒有人知道

我們都是特列普列夫，年輕而躁動，以為自己的熱情可以改革劇場、改變世界，甚至不惜舉起獵槍，射殺一隻無辜的海鷗，而振振有辭、而指控著是因為他人（尤其最深愛的那些）的墮落與背叛，那時，我們都是他，當我們在荒涼滄桑的廢棄工業空間騎著腳踏車、煮著咖啡、燉著牛肉搬演我們的契訶夫。後來我們都是妮娜，但沒有人承認，我們又回到同一個地方、再一次搬演同樣的戲，大家都識相地不點破彼此身上的失敗，只有我跟海鷗哭了，但他已經死了，知道世界不會再回到那個青春，而妮娜還在劇場

的貧窮裡，就要老去。冬天來了，我讀著寺山修司的短歌：「排練場的夜晚的角落，沒有人知道，我埋藏了契訶夫的海鷗。」

——劇場導演、人力飛行劇團藝術總監 **黎煥雄**

喜劇的深度觀點

我感覺，在十九世紀末的劇場中，現代主義真正的革命者不是開創劇場社會意識或表現主義天馬行空手法的易卜生和史特林堡，而是似乎無為而治的契訶夫。他以貌似寫實主義的手法，抽掉戲劇衝突，重新定義何謂「戲劇性」，創造出一種更像生命本身的戲。因為藝術本來就都是造作的，「像生命」就「不好看」，必須是懂的人才懂得看，如同懂得觀看日常周遭生活的流動一樣。深度來自觀點。在《海鷗》和《櫻桃園》兩部主要作品標題下，契訶夫給的副標題是「四幕喜劇」。「喜劇」就是觀點。如此充滿世間一切悲苦、掙扎、不滿足的戲，如何能理解為「喜劇」？《海鷗》以主角自殺為結局；「三姊妹」最後註定過著平凡無味的生活，直到永遠；《凡尼亞舅舅》幕落前的經典詞句，總能隨時令我起雞皮疙瘩，是如此的無助，在沒有希望中尋找一種勉強讓生命過下去的說法。或許「喜劇」的線索來自《櫻桃園》，當整部戲關鍵事件——櫻桃園被賣掉的時間點發生在無人意識到的時刻，我們恍然無奈的笑了：原來人類這麼不進入生命的狀況。有了契訶夫，很多事都變得可能。喜劇可以有新的定義，深度可以有新的境地。

——劇作家、導演、表演工作坊藝術總監 **賴聲川**

雅致與溫柔的眼光

我很早以前就喜歡契訶夫，他的文筆洗鍊犀利、敘事幽默詼諧，以樸實平淡的語氣諷刺人生。契訶夫的小說與劇作中，沒有高潮迭宕的情節，也不見曲折離奇的鋪陳，他以生活本來面貌來描繪生活，透過對平凡人物的側寫，反映出身而為人的侷限與苦悶，《海鷗》可說是其中經典代表。

我常把契訶夫與卡繆一起討論，在他們筆下，冰冷堅硬的現實被切割成生動柔軟的場景，以連貫的方式述說不連貫的超現實。對我來說，契訶夫是一位充滿信心的哀傷哲學家，指引著我們，以雅致與溫柔的眼光看待世界的殘酷。

——作家、知名節目主持人 **謝哲青**

目次

海　鷗 ①

四幕喜劇 ②

---

①契訶夫從一八九四年一月開始說要寫劇本，但一年多過去都沒寫成，直到
　一八九五年十月二十一日（本書日期除特別標示外皆指俄曆）給友人出版家蘇
　沃林（A. S. Suvorin, 1834-1912）的信中才突然說快寫完了。一八九六年八
　月二十日通過審查機關批准，十月十七日在聖彼得堡的亞歷山德林斯基劇院首
　演，劇本發表於同年十二月的《俄羅斯思想》雜誌。——俄文版編注與譯注（以
　下注釋除特別標示外，皆為譯注）
②契訶夫在一八九五年十月二十一日給蘇沃林的信中提到這齣喜劇的初步構想：
　「您知不知道，我在寫一齣戲……大概到十一月底會完成。我寫得頗愉快，雖
　然嚴重違反了戲劇規則。這是一齣喜劇，有三位女性角色，六位男性，四幕劇，
　有景色（可以看到湖水）；會談很多文學，事件很少，愛情戲分量很重。」

人物

伊琳娜・尼古拉耶芙娜・阿爾卡金娜　　從夫姓特列普列娃，
　　　　女演員。

康斯坦丁・加弗里洛維奇・特列普列夫　　她的兒子，年輕
　　　　人。

彼得・尼古拉耶維奇・索林　　她的哥哥。

妮娜・米哈伊洛芙娜・扎列奇娜雅　　年輕女孩，富裕地主
　　　　的女兒。

伊利亞・阿法納西耶維奇・沙姆拉耶夫　　退伍中尉，索林
　　　　家的管家。

波琳娜・安德列耶芙娜　　他的妻子。

瑪莎（瑪麗雅・伊利英尼奇娜）　　他的女兒。

伯里斯・阿列克謝耶維奇・特里戈林　　小說家。

葉夫根尼・謝爾蓋耶維奇・多恩　　醫生。

西蒙・西蒙諾維奇・梅德維堅科　　小學老師。

雅科夫　　工人。

廚師

女僕

故事發生在索林的莊園。第三幕與第四幕相隔兩年。

第一幕

在索林領地裡花園的一處。有一條寬闊的林蔭道從觀眾席往花園深處朝湖邊而去，道路被一座匆忙搭設給家庭戲劇演出的舞台給圍住，因此完全看不到湖。舞台的左右是樹林。幾張椅子，一張小桌。

太陽剛剛下山。舞台上，雅科夫和幾位工人在落下的布幕後面；傳來咳嗽聲和敲打聲。瑪莎與梅德維堅科散步回來，從左邊走過來。

梅德維堅科	為什麼您總是穿黑衣服？
瑪莎	這是為我的生活守喪。我很不幸。
梅德維堅科	為什麼？（陷入沉思）我不了解……您身體健康，您的父親雖然不算富有，但生活也夠寬裕了。我過得比您要艱苦多了。我每個月收入才不過二十三盧布，還要扣掉退休津貼保費 ① ，我都沒有守喪。（兩人坐下）
瑪莎	問題不在錢。窮人家也可以幸福。
梅德維堅科	這是理論，實際上是：我月薪才二十三盧布，要養母親、兩個姊妹和小弟弟。難道我們不用吃喝嗎？不喝茶吃糖嗎？不抽點菸嗎？這種情況下你試著去打點看看。
瑪莎	（轉頭望向舞台）戲馬上開演了。
梅德維堅科	對。演戲的是扎列奇娜雅，寫戲的是康斯坦丁·加弗里洛維奇。他們彼此相愛，今天他們將努力創造一個共同的藝術形象，心靈交會融合。而我和您的心靈，卻彼此沒有共通點。我愛您，心煩得沒辦法待在家裡，我每天徒步六里 ② 路走到這裡，又徒步六里路走回去，從您那邊得到的，卻只有冷漠。這可以理解。我沒財產，還有個大家庭……誰會

---

① 俄國革命前的退休金制度，從員工月薪扣除定額做為退休後的額外津貼基金。
② 此處指俄里，一俄里等於一·〇六公里，本文的長度單位「里」皆指「俄里」。

　　　　　　　　　想要嫁給這種連自己也顧不得吃的人呢？

瑪莎　　　　　　　胡扯。（*嗅鼻菸*）您的愛情讓我感動，但我無
　　　　　　　　　法回報，就是這樣。（*遞菸盒給他*）您來一點
　　　　　　　　　吧。

梅德維堅科　　　　不要。

　　　　　　　　　　　　（*停頓*）

瑪莎　　　　　　　悶啊，夜裡大概會下暴雨。您總是高談闊論，
　　　　　　　　　不然就老是講錢。照您的看法，沒有什麼是
　　　　　　　　　比貧窮還更不幸的，但就我看來，就算一身
　　　　　　　　　破爛去乞討也要好上千百倍，總比……不過，
　　　　　　　　　您不會了解這個的……

（*索林和特列普列夫從右邊進來*）

索林　　　　　　　（*拄著拐杖*）老弟啊，我住在鄉下總覺得哪裡
　　　　　　　　　不太對勁，不用說也知道，我是永遠不會習
　　　　　　　　　慣這裡的。昨天我十點躺下睡覺，今天早上
　　　　　　　　　九點醒來，心裡有種感覺，好像因為睡得太
　　　　　　　　　久而腦子黏住了頭殼，像是這類的事。（*笑*）
　　　　　　　　　然後午飯後不知不覺又睡著了，現在我整個
　　　　　　　　　人累垮了，常常作惡夢，總之……

特列普列夫　　　　確實，你該要住在城市裡。（*看見瑪莎和梅德
　　　　　　　　　維堅科*）各位，戲開演前會去請你們的，現在

	不能待在這裡。請離開吧。
索林	（向瑪莎）瑪麗雅·伊利英尼奇娜，能不能麻煩您，請您的爸爸去把狗鬆綁，不然牠會一直叫。昨晚我妹妹又整夜沒辦法睡覺。
瑪莎	您自己去跟我父親講，我不去。請饒了我吧。（向梅德維堅科）走吧！
梅德維堅科	（向特列普列夫）那麼您開演前要找人來通知一聲。（兩人離開）
索林	這麼說，狗又要叫整晚了。原來如此呀，在鄉下我從來沒辦法照自己的意思過生活。以前有好幾次，請了二十八天的休假，只想來這裡休息一下，但是這裡的每一句蠢話都讓人受不了，才來第一天就想跑掉。（笑）離開這裡我總是很快樂……欸，我現在退休了，到頭來也沒地方去。不管你想不想，都得住這裡……
雅科夫	（向特列普列夫）康斯坦丁·加弗里洛維奇，我們要去泡一下水。
特列普列夫	好，不過十分鐘後要回到原位。（看錶）快開演了。
雅科夫	遵命。（離開）
特列普列夫	（打量著舞台）看看這好一個劇場哪。舞台大幕，然後第一道側幕、第二道側幕，再過去

是一片空蕩，沒有任何布景裝飾，視野直接面對湖水和天際。我們準時在八點半將幕拉開，那時候月亮剛好升上來。

索林　　　　　太棒了。

特列普列夫　　如果扎列奇娜雅遲到，那這一切的戲劇效果就完了。她也該要到了吧。她父親和後母都緊緊盯著她，她從家裡出來，就好像從監獄逃出來一樣困難。（幫舅舅整理領帶）你頭髮和鬍子亂七八糟的，應該要剪一剪了是不是……

索林　　　　　（順一順鬍子）這是我人生的悲劇。我年輕的時候就是這副模樣，好像老是喝太多酒似的，從來得不到女人的關愛。（坐下）我妹妹為什麼心情不好？

特列普列夫　　為什麼？她心煩。（在旁邊坐下）她嫉妒。她就是要反對我，反對這次演出，反對我寫的戲，因為她的那位小說家可能喜歡上扎列奇娜雅。她還沒看過我的戲，就討厭起它了。

索林　　　　　（笑）你想太多了，真的……

特列普列夫　　眼看在這座小戲台上受歡迎的會是扎列奇娜雅，而不是她，她就很氣惱。（看一下錶）我的母親——真是個心理學的奇特案例。她毫無疑問有天分，聰明，看個書都會看到痛哭，

涅克拉索夫的詩可以俐落地全部背給你聽，照顧病人就像個天使般；但你試試看在她面前讚美一下杜絲 ① ！哦喲喲！必須只能讚美她一個人，必須要報導她，為她驚呼，讚嘆她在《茶花女》或《生活的迷醉》 ② 中超凡的演出，但是因為這裡，在鄉下沒有這樣的迷藥，因此這下子她覺得又心煩又氣憤，而我們所有的人——都成了她的敵人，我們全都有錯。而且，她很迷信，害怕點三枝蠟燭 ③ 和每個月的十三號。她很小氣。她在敖德薩 ④ 的銀行有七萬盧布——這點我很肯定，但你要是跟她借錢，她就會哭鬧起來。

索林　　　　　　你以為你母親不喜歡你的戲，所以就一直覺得心煩。放心吧，你母親非常愛你。

特列普列夫　　　（掰花瓣）愛，不愛，愛，不愛，愛，不愛。（笑）你看，我母親不愛我。還用說嗎！她

---

①杜絲（Eleonora Duse, 1858-1924），義大利知名女演員，一八九一至九二年曾到俄國巡迴演出。——俄文版編注

②前者是法國作家小仲馬（A. Dumas fils, 1824-1895）的作品，後者是俄國作家瑪爾克維奇（B. M. Markevich, 1822-1884）的劇作。與契訶夫往來的一位女演員亞沃爾斯卡雅（L. B. Yavorskaya, 1871-1921）在一八九〇年代演過這兩齣戲，被認為有模仿杜絲，後來契訶夫對她的舞台表現評價不高，她想出名和愛頭銜的形象極可能是阿爾卡金娜的原型。——俄文版編注與譯注

③俄國有諺語：「桌上點三根蠟燭，預示將有亡者。」

④敖德薩（Odessa），烏克蘭南部濱黑海的港市。

想生活、戀愛、穿光鮮的衣服，而我已經
二十五歲了，我時時提醒著她，她已經不年
輕了。我不在的時候，她只有三十二歲，我
一在場她就是四十三歲，就因為這樣她才討
厭我。她也知道，我不認同當前的戲劇。她
卻愛它，她覺得她是為人類、為神聖的藝術
服務，而我認為，當代的戲劇——只有保守
和偏見。當舞台的大幕拉開，夜燈打亮，在
一個有三堵牆的房間裡，這些偉大的天才，
神聖藝術的獻身者，表演著人們如何吃喝、
戀愛、走路、穿衣服；他們從庸俗的場景和
漂亮話裡，努力唬弄出一個道德寓意——一
個小小的、容易理解且有益家庭日常生活的
道德訓誡；他們演給我的東西，如果千百次
都一模一樣，一模一樣，一模一樣，我就想
逃開，就像莫泊桑要逃離艾菲爾鐵塔一樣，
那庸俗會扼殺他的腦袋。

索林	可是沒有戲劇又不成。
特列普列夫	需要新的形式。新形式是有需要的，如果沒有，那不如什麼都不要。（*看錶*）我愛母親，深深地愛她；但是她抽菸，喝酒，公開跟那位小說家同居，她的名字經常在報紙上被人指指點點 ① ——這讓我厭煩。有時候，我心

底就是有一個普通人的私心在嘀嘀咕咕；我的母親是位名演員常讓我感到遺憾，如果她是個普通女人，那我倒似乎會幸福得多。舅舅，還有什麼情況會比這個更糟糕、更愚蠢的：在她那裡作客的往往盡是名流、演員、作家，其中只有我一個微不足道，大家容許我在場，只因為我是她的兒子。我是誰？我是什麼人？我在大學三年級因故輟學，理由就像常聽說的，是「與編輯部無關」②，我沒有任何天分，也沒什麼錢，不過是護照上所說的一個基輔的小市民③罷了。我的父親儘管也曾是一位名演員，但終究還是基輔的小市民。因此，每當她客廳裡那些演員作家們好心地注意到我，我就覺得，他們是用眼神在打量我的卑微渺小——我猜到他們的想法，就感到受辱而痛苦……

索林　　　　對了，請你講講，她的那位小說家是個什麼

①這裡隱含一層文字遊戲，「被人指指點點」的俄文（треплют）發音「特列普留特」與「特列普列夫」的姓氏發音近似，讓他的姓氏承受了某種形式上的負面意義。

②帝俄時代的政治暗語，指按照書報審查機關以不相干的要求指示行事。

③小市民有兩個意涵，一是作為身分別，俄國革命前的社會階級，小市民由小資產階級形成，地位比商人階級低，二是指見識短淺的市井俗民。這裡指出康斯坦丁的父親是平民出身，而母親是貴族，兩者的身分衝突也成了他的心理問題。

様的人？真搞不懂他。他總是沉默不說話。

特列普列夫　　那個人聰明、單純，有點那個，你知道嗎，就是憂鬱。人非常高尚。年紀還不到四十歲，但已經很出名乂生活富足，富足到發膩了……現在他除了啤酒就不喝別的，能愛的只有成熟的女人。關於他的作品，這……該怎麼說呢？不差，有才氣……但是……讀過托爾斯泰或左拉之後，你就不會想去讀特里戈林了。

索林　　　　老弟，我倒是喜歡文學家。我曾經熱中兩件事：結婚和當文學家，但是一件也沒做成。是啊，最後要是當個小作家也挺愉快。

特列普列夫　　（仔細傾聽）我聽到腳步聲……（擁抱舅舅）沒有她我活不下去……她連腳步聲都美妙……我幸福得不得了。（他快步過去迎接進來的妮娜·扎列奇娜雅）我的仙女，我的美夢……

妮娜　　　　（擔心地）我沒遲到吧……是吧，我沒遲到……

特列普列夫　　（親吻她的雙手）沒有，沒有，沒有……

妮娜　　　　我擔心了一整天，真讓我害怕！我怕父親不讓我出門……不過他現在跟繼母出去了。天空泛紅，月亮已經開始上升了，所以我就趕起馬來，趕呀跑的。（笑）但現在我很開心。（緊握著索林的手）

索林	（笑）眼睛好像剛哭過……嘿嘿！不好喔！
妮娜	這沒什麼……您看看，我喘得多麼厲害。再過半個小時我就要離開，得要快點。不行，不行，拜託，您別再留住我了。我父親不知道我在這裡。
特列普列夫	確實，開演的時候到了。該去叫大家過來。
索林	我去不就得了。馬上去。（*朝右方走去，唱著歌*）「*兩個榴彈兵回到法蘭西……*」① （*四下張望*）有一次我也這樣唱起來，一位副檢察長跟我說：「閣下，您的嗓音很有力」……然後他想了一下補一句：「但是……很難聽」。（*笑著離開*）
妮娜	我父親和他的妻子不讓我來這裡。他們說這裡生活放蕩……他們就怕我去當演員……我卻被這裡的湖水吸引過來，像隻海鷗一樣……我心裡滿滿都是您。（*四下張望*）
特列普列夫	這裡只有我們倆。
妮娜	好像有誰在那裡……
特列普列夫	沒有人。

（*親吻*）

---

①舒曼根據海涅的詩譜的浪漫曲《榴彈兵》，詩詞的俄文翻譯為詩人米哈伊爾·米哈伊洛夫（M. L. Mikhailov, 1829-1865）。——俄文版編注

妮娜	這是什麼樹？
特列普列夫	榆樹。
妮娜	為什麼它那麼黑？
特列普列夫	已經是晚上，所有東西都變暗了。您別太早走，求求您。
妮娜	不行。
特列普列夫	妮娜，那如果我去找您呢？我會整夜站在花園裡，望著您的窗戶。
妮娜	不行，守夜人會發現您的。特列索爾 ① 也還沒習慣您，牠會大叫的。
特列普列夫	我愛您。
妮娜	噓……
特列普列夫	*（聽到腳步聲）* 是誰？雅科夫，是您嗎？
雅科夫	*（在舞台後方）* 正是。
特列普列夫	您就定位站好。時候到了。月亮升起來了嗎？
雅科夫	是的。
特列普列夫	有酒精嗎？有硫磺嗎？等紅色眼睛出現的時候，得要有硫磺味。*（向妮娜）* 您去吧，那邊都安排好了。您緊張嗎？……
妮娜	對，非常緊張。您的媽媽還好，她我倒不擔心，但你們家還有一位特里戈林……在他面前演出讓我感到害怕又害臊……他是個名作

___
①狗的名字，源自法文「tresor」，意為寶貝。

家……年紀輕嗎？

| 特列普列夫 | 對。 |

妮娜　　　他寫的小說真是太好了！

特列普列夫　（冷淡地）不知道，我沒讀過。

妮娜　　　您的戲很難演，戲裡都沒有活生生的人物。

特列普列夫　活生生的人物！要描寫生活，可不是要照它原本的模樣，也不是要照它應該的樣子，而是要照它在夢想中呈現的那樣。

妮娜　　　您的戲事件很少，只是一味地讀台詞。我認為，戲裡應該一定要有愛情……

（兩人退到舞台後）

（波琳娜・安德列耶芙娜和多恩進場）

波琳娜・安德列耶芙娜　　溼氣變得很重。您回去穿上套鞋吧。

多恩　　　我很熱。

波琳娜・安德列耶芙娜　　您不愛惜自己的身體，這脾氣真拗。您是醫生，明明知道溼冷的空氣對您身體不好，但是您想讓我難受；昨天您就故意一整晚坐在露台上……

多恩　　　（哼唱）「別說，青春被妳給毀了 ① 。」

波琳娜・安德列耶芙娜　　您因為跟伊琳娜・尼古拉耶芙娜聊得太投入……沒注意到天冷了。承認吧，

　　　　　　　　您喜歡她⋯⋯

多恩　　　　　我五十五歲了。

波琳娜・安德列耶芙娜　　不要緊，對男人來說，這不算老。
　　　　　　　您保養得很好，還有很多女人喜歡您。

多恩　　　　　您到底是要怎樣？

波琳娜・安德列耶芙娜　　你們男人都情願拜倒在女演員跟
　　　　　　　前。都一個樣！

多恩　　　　　（哼唱）「面對妳我再次 ② ⋯⋯」如果社會
　　　　　　　上大家都喜愛演員，而且對他們另眼相待，
　　　　　　　相較於比如說商人好了，那這是合乎常理的。
　　　　　　　這是——理想主義。

波琳娜・安德列耶芙娜　　女人總是愛上您，纏著您。這也
　　　　　　　是理想主義嗎？

多恩　　　　　（聳肩）又怎麼樣？女人跟我的關係一向很
　　　　　　　好。她們喜歡我主要是因為我是個優秀的醫
　　　　　　　生。差不多十年十五年之前，您記得吧，我

---

①普里戈日（Y. F. Prigozhy, 1840-1920）根據涅克拉索夫（N. A. Nekrasov,
　1821-1877）的詩譜的浪漫曲《沉重的十字架是她命中注定》；此為首段第一句，
　後三句是：「因妳被我的嫉妒給折磨／別說了！⋯⋯我的末日將近／妳卻比春
　花更鮮麗」——似乎回應著波琳娜・安德列耶芙娜語帶嫉妒的話。——俄文版
　編注與譯注

②出自詩人克拉索夫（V. I. Krasov, 1810-1855）發表於一八四二年的詩，被譜
　成歌曲後在一八八〇年代非常流行；全詩第一段：「面對妳我再次著迷／盯著
　那雙美妙的眼眸／再次被莫名的愁擾得激動／我放不下那渴求的眼睛」。——
　俄文版編注與譯注

　　　　　　　　是全省唯一一個不錯的婦產科醫生。再說，
　　　　　　　　我一直是個誠實的人。

波琳娜‧安德列耶芙娜　　（*抓起他的手*）我親愛的！

多恩　　　　　　安靜點。有人來了。

（阿爾卡金娜挽著索林的手臂，連同特里戈林、沙姆拉耶夫、梅德維
　　　　　　堅科和瑪莎一起進場）

沙姆拉耶夫　　一八七三年她在波爾塔瓦 ① 的市集上表演
　　　　　　　得真棒。只有讚嘆可以形容！她演得真是美
　　　　　　　妙！請問能否打聽一下，喜劇演員恰金，就
　　　　　　　是帕維爾‧西蒙內奇，他現在在哪裡？他演
　　　　　　　的拉斯普留耶夫 ② 是無人能比的，好過薩多
　　　　　　　夫斯基，我向您發誓，我最尊敬的夫人。他
　　　　　　　現在在哪裡？

阿爾卡金娜　　您總是問一些過時的事情。我怎麼會知道！
　　　　　　　（*坐下*）

沙姆拉耶夫　　（*嘆一口氣*）帕什卡‧恰金！現在已經沒有這
　　　　　　　樣的演員囉。戲劇垮囉，伊琳娜‧尼古拉耶
　　　　　　　芙娜！以前有強硬的橡樹當台柱，而現在我
　　　　　　　們只看見一些樹樁。

①波爾塔瓦（Poltava），位於烏克蘭東北部的古城。

②拉斯普留耶夫是蘇霍沃－科貝林（A. V. Sukhovo-Kobylin, 1817-1903）的喜
　劇《克列欽斯基的婚禮》中的人物；下一句的薩多夫斯基（P. M. Sadovsky,
　1818-1872），是首位飾演拉斯普留耶夫這個角色的演員。——俄文版編注

多恩　　　　閃亮的天才現在少了，這是真的，但是一般
　　　　　　演員的水準提高了許多。

沙姆拉耶夫　我不能同意您說的。不過，這是品味的問題。
　　　　　　說到品味，不是很好就是還好①。

（特列普列夫從舞台後走出來）

阿爾卡金娜　（向兒子）我親愛的兒子，什麼時候開演？
特列普列夫　馬上。請耐心等一下。
阿爾卡金娜　（念《哈姆雷特》的台詞）「我兒啊！你讓我
　　　　　　的眼睛看透我的靈魂，我看見它血淋淋又致
　　　　　　命地潰爛──沒有救了！②」
特列普列夫　（念《哈姆雷特》的台詞）「妳是為什麼屈服
　　　　　　於淫亂，在罪惡的深淵中找尋愛情？」

（舞台後響起號角聲）

各位先生，開演了！請注意！

────────────

①此句原文用拉丁文：「De gustibus aut bene, aut nihil.」不過，這是把
　兩句拉丁文格言混編而成的：「說到品味，各有所好」（De gustibus non
　disputandum）和「說到亡者，不是很好就是還好」（De mortuis aut bene
　aut nihil），兩者混合在這裡產生一種幽默的效果。──俄文版編注與譯注
②此句與下句出自《哈姆雷特》第三幕第四場中王后與哈姆雷特在鬼魂出場前的
　對話。契訶夫引用波列沃伊（N. Polevoy, 1796-1846）翻譯的俄文版，與莎士
　比亞原著有出入。

（停頓）

我來開場。（*用棍子敲打，大聲地說*）啊，你們
這些夜裡飄蕩在湖上可敬又古老的陰影哪，
讓我們入睡，讓我們夢見二十萬年後吧！

索林　　　　　二十萬年後什麼也不會有了。

特列普列夫　　那就讓它們為我們展現出這個一無所有吧。

阿爾卡金娜　　讓它們去吧。我們睡覺。

（*布幕拉開；展開一片湖景；月亮在天際線之上，倒影在水中；大石
頭上坐著妮娜‧扎列奇娜雅，全身白衣*）

妮娜　　　　　人、獅子、鷹、山鶉、長角的鹿、雁、蜘蛛、
活在水中靜默的魚、海星，以及那些眼睛無法
察覺的——總之，所有的生命，一切的一切，
完成了哀戚的演化循環後，消失殆盡……歷經
千萬年，大地已經不再孕育絲毫生靈，這個可
憐的月亮白白點亮它那盞燈火。草地上已經不
再有鶴群的熱鬧啼叫，椴樹林間也聽不見金龜
子的嗡嗡聲。冷啊，冷啊，冷。空虛啊，空虛
啊，空虛。可怕啊，可怕啊，可怕。

（停頓）

生靈的軀體消滅成灰燼，永恆的物質之力將

它們化為土石、水、雲，而它們的靈魂融為一體。這一整體的世界靈魂 ① ——就是我……是我……我這裡有亞歷山大大帝、凱撒、莎士比亞、拿破崙，以及最低等的水蛭的靈魂。人的思想與動物的本能在我這裡交融，我記得一切，所有的一切，並且一再體驗我身上的每一個生命。

（出現一些鬼火）

阿爾卡金娜	（悄聲地）這有點頹廢派 ② 的味道。
特列普列夫	（央求並語帶責備）媽媽！
妮娜	我孤孤單單。每一百年我才開口說一次話，我的話聲在這虛空中顯得哀戚，沒有人聽……你們這些黯淡的火，不聽我說……你們在黎明之前從沼澤爛泥中生出，晃晃蕩蕩至朝霞升起，但你們沒有思想，沒有意志，沒有生命的顫動。永恆的物質之父——惡魔，希望你們不再重生，每分每刻對你們引發原子轉換，一如對石頭、對流水那般，你們因而不斷變化。宇宙中唯有精神是恆常不變。

①世界靈魂這個概念最早出自柏拉圖的《蒂邁歐篇》（Timaeus），是形成宇宙的原動力，是維持宇宙運行的恆常之道，就像人的靈魂是個體肉身的原動力。
②源自法國的一個文化風潮，俄國在十九世紀末到二十世紀初非常流行，特色是表現絕望的情緒，對人生持否定態度，追求個人主義。

（停頓）

我像個俘虜，被丟進一個空虛的深坑，不知道身在何處，不知道會發生什麼事。我唯一清楚的是：在與惡魔這個物質力量本源的頑強猛烈對抗中，我一定會得勝，之後，物質與精神將融為一個完美的和諧，世界自由 ① 的國度將來臨。但這也只會一點一滴經過漫漫長長數千年之後，在月亮、明朗的天狼星和大地化為塵土之後，才會到來……而在此之前，只有可怕啊，可怕……

（停頓；湖水背景上出現兩個紅點）

那是我的強敵，惡魔靠近了。我看見他那雙恐怖的紅眼睛……

阿爾卡金娜　有硫磺的味道。有需要這樣嗎？

特列普列夫　有。

阿爾卡金娜　（笑）對，這是特效。

特列普列夫　媽媽！

妮娜　少了人類他感到煩悶……

①這一大段台詞堆砌了不少哲學術語，似乎傳達出創作者特列普列夫追求永恆與崇高的想望，藉以擺脫他批評當代戲劇（母親那一代）的庸俗（第二十七頁），但看在觀眾眼裡卻是虛無飄渺，引發隨後的母子爭吵而導致中斷演出。

波琳娜・安德列耶芙娜　　（向多恩）您怎麼脫了帽子。戴上去吧，不然您會感冒的。

阿爾卡金娜　　醫生脫帽是向那永恆的物質之父惡魔致敬哪。

特列普列夫　　（發怒，大聲地說）戲演完了！夠了！閉幕！

阿爾卡金娜　　你幹嘛生氣？

特列普列夫　　夠了！閉幕！給我閉幕！（跺腳）閉幕！

（落幕）

對不起！是我的疏忽，只有少數的特等人物才有權利寫戲或上台演戲。我壞了這個獨占的特權！我……我……（還想說點什麼，但揮了揮手，往左方出場）

阿爾卡金娜　　他怎麼了？

索林　　伊琳娜，妳是媽媽呀，不能這樣傷一個年輕人的自尊心啊。

阿爾卡金娜　　我對他說了什麼嗎？

索林　　妳讓他心裡難受。

阿爾卡金娜　　是他自己先說了，這是個笑鬧劇，我就用笑鬧劇的方式來看待他的戲。

索林　　不過……

阿爾卡金娜　　現在原來是他寫了篇偉大的作品呀！你們看看！所以呢，他就辦了這場演出，撒了些硫磺，不是為了好笑，而是要抗議什麼……他

　　　　　　　　　是想要教教我們，該怎麼寫作，又該怎麼演
　　　　　　　　　戲。到頭來，搞得很無聊。不管您怎麼想，
　　　　　　　　　這些不斷針對我的攻擊和挖苦，任誰都會厭
　　　　　　　　　煩的！真是個任性又自尊心強的孩子。

索林　　　　　　　他想討妳歡心。

阿爾卡金娜　　　　是嗎？但你看他卻不選一些普通的戲，而是強
　　　　　　　　　迫我們聽這種頹廢派的胡扯。為了輕鬆笑笑我
　　　　　　　　　會去聽這些胡扯，但這下子他是要追求新的形
　　　　　　　　　式，開創藝術的新時代。可是，在我看來，這
　　　　　　　　　裡沒有任何新的形式，只有壞的習氣。

特里戈林　　　　　每個人都是照自己所想，照自己能力所及去
　　　　　　　　　寫作的。

阿爾卡金娜　　　　那就照他所想，照他能力所及去寫作吧，只
　　　　　　　　　是不要來煩我。

多恩　　　　　　　朱庇特 ① ，妳生氣了……

阿爾卡金娜　　　　我不是朱庇特，我是女人。（*開始抽菸*）我沒
　　　　　　　　　生氣，只是覺得可惜，年輕人這麼無聊地浪
　　　　　　　　　費時間。我不想傷害他。

梅德維堅科　　　　誰都沒有理由可以把精神和物質分開，因為
　　　　　　　　　精神本身可能就是所有物質原子的合成體。
　　　　　　　　　（*表情生動地，向特里戈林*）您知不知道，看看

---

①羅馬神話中的諸神之王、天地萬物的主宰。由醫生多恩來說出這個人格特質的
　觀察，別具意義。

我們這群教師是怎麼過生活的，這個應該要
寫進劇本裡，然後搬上舞台演出。辛苦啊，
日子過得真苦！

阿爾卡金娜　　這有道理，但我們別再談戲劇，談原子了。
夜色如此美妙！你們聽見了嗎？各位先生，
有人在唱歌。*（傾聽）* 真是美好！

波琳娜・安德列耶芙娜　　是對岸傳來的歌聲。

（停頓）

阿爾卡金娜　　*（向特里戈林）* 來坐到我身邊。大概十年十五
年前，在這裡的湖上，幾乎每晚都可以聽到
不間斷的音樂和歌聲。這裡沿岸有六座地主
的莊園。我記得，有歡笑、喧鬧、槍聲，還
有總是談戀愛，談戀愛……那個時候這六座
莊園的第一男主角和偶像，我來介紹一下*（點
頭指向多恩）*，就是這位葉夫根尼・謝爾蓋
耶維奇醫生。他現在也很迷人，但那時候更
是讓人難以抗拒啊。不過，我開始內疚起來
了。我為什麼要傷害我可憐的孩子？我心裡
不安。*（大聲）* 科斯佳① ！兒子！科斯佳！

瑪莎　　　　我去找他。

阿爾卡金娜　　麻煩妳，親愛的。

___

①康斯坦丁的小名。

瑪莎	（*向左方走去*）喂！康斯坦丁・加弗里洛維奇！……喂！（*離開*）
妮娜	（*從舞台後方出場*）看來，不會繼續演了，我可以出來了。你們好！（*與阿爾卡金娜、波琳娜・安德列耶芙娜互吻*）
索林	演得好啊！好啊！
阿爾卡金娜	演得好啊！好啊！我們剛剛欣賞過了。有這種外貌，有這種美妙的嗓音，絕不能待在鄉下，這是罪過啊。您確實有天分。您聽到了嗎？您應該去演戲！
妮娜	啊，這是我的夢想！（*嘆一口氣*）但是永遠不會實現的。
阿爾卡金娜	誰知道呢？容我向您介紹：這是特里戈林，伯里斯・阿列克謝耶維奇。
妮娜	唉呀，我真高興……（*不好意思地*）我一直都有讀您的作品……
阿爾卡金娜	（*要她過來坐旁邊*）別不好意思，親愛的。他雖然是名人，但心思可單純呢！您看到沒，連他自己都不好意思了。
多恩	我想，現在可以拉開布幕了，不然感覺很糟。
沙姆拉耶夫	（*大聲地說*）雅科夫，老弟，把幕拉開吧！

（*布幕拉開*）

妮娜	（*向特里戈林*）這齣戲很怪，對不對？
特里戈林	我完全看不懂。不過，倒是看得很愉快。您演得這麼真誠。還有布景也很棒。

（停頓）

這湖裡一定有很多魚。

妮娜	是啊。
特里戈林	我喜歡釣魚。對我來說，沒有什麼比傍晚坐在岸邊看著浮標還更快樂的。
妮娜	但是我認為，對一個體驗過創作樂趣的人來說，其他所有的快樂就不算什麼了。
阿爾卡金娜	（*笑著*）別這麼說。每當有人誇獎他，他這人就會茫茫然。
沙姆拉耶夫	我記得，有一次在莫斯科的一間歌劇院，著名的希利瓦唱了一個相當低的「Do」音。這時候，好像故意似的，樓座裡坐著一位我們主教公會 ① 唱詩班的男低音，突然間，您可以想想看我們的極度驚訝，我們聽到從樓座傳來：「好啊，希利瓦！」——用整整低八度的低音說著……看，就是這樣（*用低音說*

---

①指俄羅斯正教的最高會議，始於一七二一年彼得大帝廢除宗主教的治理權後，成立此合議制會議來治理教會。

　　　　　　　　　著）：好啊，希利瓦……劇院全場聽得都呆住
　　　　　　　　　了。

（停頓）

多恩	安靜的天使飛了過去 ① 。
妮娜	我該走了。再見。
阿爾卡金娜	去哪？這麼早要去哪？我們不讓您走。
妮娜	爸爸在等我。
阿爾卡金娜	他真是的，確實……（互相親吻）好吧，能怎麼辦呢。可惜呀，放您走真可惜。
妮娜	您可知道我離開心裡有多麼難過！
阿爾卡金娜	該有個人去送您才對，我的小可愛。
妮娜	（慌張地）啊，不，不用！
索林	（向她，懇求地）您留下來吧！
妮娜	我沒辦法，彼得‧尼古拉耶維奇。
索林	您留下一個小時就好。怎麼樣，真的……
妮娜	（考慮著，含淚）不行！（握手，快步離開）
阿爾卡金娜	其實，她是個不幸的女孩。聽說她過世的母親把一大筆遺產全都留給了自己的先生，連一戈比 ② 都不剩，現在這個女孩一無所有，因為她父親把全部財產又留給了自己第二任

①俄國成語，指大家說話時突然間一片寂靜無聲。
②俄國貨幣的輔幣，一戈比等於百分之一盧布。

妻子。這真是可惡。

多恩　　　　　對，她爸爸還真是個畜生，就是該這麼看待他。

索林　　　　　*（搓搓凍了的雙手）* 各位，我們要不要走了吧，不然越來越溼冷了。我的腳都發疼了。

阿爾卡金娜　　你的腳好像木頭做的，快要動不了囉。好，我們走吧，不幸的老頭子。*（挽著他的手臂）*

沙姆拉耶夫　　*（把手臂伸向妻子）* 女士？

索林　　　　　我聽到狗又再叫了。*（向沙姆拉耶夫）* 伊利亞·阿法納西耶維奇，麻煩您叫人把牠給鬆綁吧。

沙姆拉耶夫　　不行，彼得·尼古拉耶維奇，我會擔心，這就像不能讓小偷進糧倉一樣啊。那邊我放了穀子。*（向走在旁邊的梅德維堅科）* 對，用整整低八度的音：「好啊，希利瓦！」要知道他還不是專業的歌唱家，只是個唱詩班的歌手。

梅德維堅科　　那唱詩班歌手的薪水有多少？

　　　　　　　（除了多恩，所有人離開）

多恩　　　　　*（獨自一人）* 我不知道，或許是我根本不了解，不然就是我瘋了，但這齣戲我喜歡。戲裡面有點東西。當這個女孩說到自己的孤單，然後，當惡魔的一雙紅眼睛出現時，我激動得手都抖了起來。一派清新又天真……看，好

	像是他走過來。我要跟他多說一點開心的事情。
特列普列夫	（走進來）已經沒有人了。
多恩	還有我在這裡。
特列普列夫	瑪莘卡 ① 在花園到處找我。討人厭的傢伙。
多恩	康斯坦丁・加弗里洛維奇，我非常喜歡您的戲。它有點奇特，我也沒看到結尾，但印象還是很強烈。您是有天分的人，您應該要繼續寫戲。

（特列普列夫緊緊握住他的手，猛地擁抱他）

	哎，你發什麼神經。眼睛還泛著淚水……我是想說什麼呢？您是在抽象的想法中找到了題材。就應該要這樣，因為藝術作品一定要傳達出一種偉大的思想。只有嚴肅的，才是完美的。您臉色真是蒼白呀！
特列普列夫	所以您是說——應該要繼續寫嗎？
多恩	對……但只要描寫重要又永恆的東西就好。您知不知道，我這輩子過的生活多彩多姿，也很有品味，我滿意了，不過，如果我有機會體驗藝術家創作時所出現的那種精神昇

---

①瑪莎的小名。

華，那麼我就覺得，我會看不起自己物質化的外表，以及所有屬於這種外表的一切，但願我能從地面衝上更高的地方。

特列普列夫	對不起，扎列奇娜雅在哪裡？
多恩	還有一點就是，作品應該要有明白又確定的思想。您應該要知道是為了什麼而寫，否則，如果您沿著這條美麗大路前進，卻沒有特定的目的，那麼您會迷失，您的天分也會害死您。
特列普列夫	（*不耐煩地*）扎列奇娜雅在哪裡？
多恩	她回家了。
特列普列夫	（*絕望地*）那我該怎麼辦？我想要見她……我非見她不可……我現在就去……

（*瑪莎進來*）

多恩	（*向特列普列夫*）冷靜一點，我的朋友。
特列普列夫	我不管怎樣都要去。我一定要去。
瑪莎	回家去吧，康斯坦丁・加弗里洛維奇。您媽媽在等您。她很不安。
特列普列夫	跟她說我已經走了。拜託你們所有人，讓我靜一靜！別管我！別跟著我！
多恩	但是，但是親愛的……這樣可不行……不太好。
特列普列夫	（*含淚*）再見，醫生。我很感謝……（*離開*）
多恩	（*嘆一口氣*）青春哪，青春！

| 瑪莎 | 當人們沒什麼好說的時候，總是說：青春哪，青春……（嗅鼻菸） |
| 多恩 | （把菸盒拿來扔到樹叢裡）這真讓人厭煩！ |

（停頓）

屋子裡好像有人在彈琴。該進去了。

瑪莎	等一下。
多恩	怎麼了？
瑪莎	我還想跟您說說話。我想要說……（激動）我不愛自己的父親……但我很信任您。不知道為什麼我由衷覺得我跟您很親近……您就幫幫我吧。幫幫我，不然我會做出傻事，我會看不起我的人生，我會毀掉它的……我再也撐不下去了……
多恩	怎麼了？要幫什麼忙呢？
瑪莎	我很痛苦。沒人，沒人了解我的痛苦！（輕輕地把頭靠在他胸前）我愛康斯坦丁。
多恩	怎麼全都神經兮兮的！全都神經兮兮的！都在談戀愛……啊，迷人的湖水呀！（溫柔地）但是我能幫什麼忙，我的孩子？能幫什麼？能幫什麼呢？

（落幕）

第二幕

槌球場。遠處往右是一棟有大露台的房子，往左看得見湖，水面映著閃耀的陽光。花圃。中午。天氣熱。球場旁的老椴樹樹蔭下，板凳上坐著阿爾卡金娜、多恩和瑪莎，多恩的膝上放著一本敞開的書。

阿爾卡金娜	*（向瑪莎）*來，我們都站起來吧。

（兩人站起來）

	我們倆站在一起。您二十二歲，而我的年紀幾乎大了一倍。葉夫根尼・謝爾蓋耶維奇，我們兩個看起來誰比較年輕呢？
多恩	當然是您。
阿爾卡金娜	看吧……為什麼呢？因為我工作，我會去感受，我不停地忙碌，而您總是待在原地，不去過生活……我還有個習慣：不要去看未來。我從來不去想年老或死亡。注定的事就避免不了。
瑪莎	而我有一種感覺，好像我已經活了很久很久；我拖著自己的生命，就像拖著一片沒完沒了的衣後襬……經常冒出不想活了的念頭。*（坐下）*當然，這全都是胡扯。必須要振作起來，把這些想法全部丟掉。
多恩	*（輕輕哼唱）*「告訴她，我的花兒 ① ……」
阿爾卡金娜	再說，我像英國人一樣體面。親愛的，我一向自律很嚴，就像人家說的那樣，我總是會

---

①法國作曲家古諾（C. Gounod, 1818-1893）改編自德國作家哥德原作的歌劇《浮士德》，這句出自第三幕第一場男孩席貝爾的詠嘆調開頭，整段為：「告訴她，我的花兒／我多麼痛苦難受／只因為愛她／總是夢見她一個／你要悄悄告訴她／訴說我的憂愁／我的痛苦／讓她清楚這一切，我的愛。」——這是男孩席貝爾藉花兒來訴說對女主角瑪格麗特的暗戀。——俄文版編注與譯注

「好好地」 ① 梳妝打扮。就算只是到這花園來，我會讓自己穿個寬鬆便衫或披散頭髮就出家門嗎？絕對不會。我的樣子之所以保持得很好，是因為我從來不當粗俗女人，不像有些女人放縱自己……（挺胸插腰在球場上走一走）讓您看看——我活像隻小雞吧，哪怕是扮成十五歲的小女孩都行。

多恩　　　　　好，不過我還是繼續吧。（拿著書本）我們讀到糧食鋪老闆和老鼠這裡……

阿爾卡金娜　　在老鼠那裡。讀吧。（坐下）還是給我吧，我來接著讀。輪到我了。（拿書過來，眼睛在書頁上搜尋）老鼠……這就是了……（讀著）「當然，對上流社會的人來說，寵愛小說家還招引他們到自己身邊，就好像糧食鋪老闆在自己穀倉裡養老鼠一樣危險。儘管如此，小說家仍受到寵愛。所以，當女人看上了一位她想占為己有的作家，她就讚美、獻殷勤、奉承，想盡辦法來糾纏他…… ②」哼，大概法國人才這樣吧，我們這裡完全不來這一套。我們的女人，通常在得到作家之前，自己就愛他愛得不得了，拜託一下好不好。眼前有

---

①原文用法文「comme il faut」。
②引自莫泊桑的小說《水上》。——俄文版編注

個例子，就拿我跟特里戈林來說好了……

（索林拄著拐杖走過來，他身邊是妮娜；梅德維堅科在他們後面推著一張空的輪椅）

索林	*（用一種安撫小孩的語氣）*怎麼？在我們這裡快樂嗎？我們今天算是很高興吧？*（向妹妹）*我們這裡多快樂呀！您父親和繼母去特維爾，那我們現在有整整三天都自由了。
妮娜	*（坐在阿爾卡金娜身旁，擁抱她）*我好幸福！我現在成了你們的一分子。
索林	*（往自己的輪椅坐下）*她今天可真是好看。
阿爾卡金娜	打扮漂亮又討人喜歡……您就是這樣才是個好孩子。*（親吻妮娜）*但不需要太誇獎，不然會招來不幸 ①。伯里斯·阿列克謝耶維奇在哪裡？
妮娜	他在水邊的浴場釣魚。
阿爾卡金娜	他怎麼都不會厭煩呢！*（打算繼續讀小說）*
妮娜	您這是在讀什麼？
阿爾卡金娜	是莫泊桑的小說《水上》，親愛的。*（自己默念幾行）*唉，接下來就沒意思，也不真實了。*（合上書本）*我心裡不安。你們說，我的兒子怎麼了？他何必這麼悶，這麼嚴肅呢？他好幾天都待在湖上，我幾乎見不到他人影。

①俄國民間迷信，過度誇獎反而會招來霉運。

瑪莎	他心裡不舒服。（*向妮娜，害羞地*）請您念一念他的劇本吧！
妮娜	（*聳聳肩*）您想聽嗎？那多無趣呀！
瑪莎	（*忍住欣喜*）當他自己念台詞的時候，他的眼神發亮，臉色蒼白。他的嗓音美麗又憂傷，神情就像個詩人。

（*傳來索林的鼾聲*）

多恩	晚安！
阿爾卡金娜	彼得魯沙 ① ！
索林	啊？
阿爾卡金娜	你在睡覺嗎？
索林	完全沒有。

（*停頓*）

阿爾卡金娜	你不去看醫生，這樣不好，哥哥。
索林	我是樂意去看醫生，可是醫生不想啊。
多恩	叫六十歲的人去看什麼醫生！
索林	六十歲的人也想過活呀。
多恩	（*惱火地*）欸！那就吃幾滴纈草藥劑 ② 吧。
阿爾卡金娜	我覺得，要是他能去哪裡泡泡溫泉倒是不錯。

①彼得的暱稱。
②一種鎮定劑。

多恩	是啊？去不去都行啦。
阿爾卡金娜	這話什麼意思。
多恩	沒什麼意思。全都很清楚了。

（停頓）

梅德維堅科	彼得‧尼古拉耶維奇應該要戒菸了。
索林	胡扯。
多恩	不，不是胡扯。菸酒讓人亂性。抽完雪茄或喝一杯伏特加之後，您就不再是彼得‧尼古拉耶維奇了，而是彼得‧尼古拉耶維奇加上某某人；您身上的「我」會模糊散掉，您還會稱自己是「他」，好像是對待第三者一樣。
索林	（笑）您說得容易。您好好活過了一輩子，而我呢？我在司法機關服務了二十八年，但好像還是沒活過，什麼也沒體驗過，理所當然，我就非常想要過生活。您生活滿足，對生活也漠然了，因此您有興致高談闊論，我就是想過生活而已，因此飯後喝點赫雷斯酒 ① ，抽抽雪茄，就這樣。全部也就這樣了。
多恩	必須認真面對生活，不然到了六十歲去看醫生，還惋惜年輕時候享受得太少，抱歉，這個是輕浮。

①即西班牙產的雪莉酒。

瑪莎	（站起來）早餐時間到了，應該是吧。（懶散地走過去，步伐沒精打采的）坐得腳都麻了……（離開）
多恩	早餐前她還要去喝兩杯。
索林	可憐的人哪有個人幸福可言。
多恩	閣下，您胡說什麼。
索林	您生活無憂無慮才會這麼講。
阿爾卡金娜	唉，還有什麼比這種可愛的鄉村煩悶更無聊的！又熱又靜，沒人在做事，全都在高談闊論……跟你們在一起很好，朋友們，聽你們說話很愉快，但是……待在自己旅館房間裡，念念自己的角色台詞──這樣更好！
妮娜	（興奮地）是啊！我了解您。
索林	當然，在城市裡好多了。你待在自己的辦公室，沒有通報僕人就不會讓任何人進去，有電話……街上有馬車夫，什麼都有……
多恩	（哼唱）「告訴她，我的花兒……」

（沙姆拉耶夫進場，波琳娜・安德列耶芙娜跟在後面）

沙姆拉耶夫	這大家都在啊。日安！（親吻阿爾卡金娜的手，然後親吻妮娜的手）看到你們健健康康真是高興。（向阿爾卡金娜）我太太說，今天您打算要跟她一起進城。是真的嗎？

阿爾卡金娜	對，我們正準備去。
沙姆拉耶夫	哼⋯⋯這太好了，但是，我最尊敬的夫人，您要怎麼去呢？今天我們的馬匹都去運黑麥了，全部的工人也都在忙。敢問您要用什麼馬呢？
阿爾卡金娜	用什麼馬？我怎麼會知道——用什麼馬！
索林	我們有拉車用的馬呀。
沙姆拉耶夫	（激動）拉車用的馬？那我要去哪裡找馬軛？我要去哪裡找馬軛呢？這真是讓人驚訝！這真是不可思議呀！我最尊敬的夫人！抱歉，雖然我仰慕您的才華，也準備為您獻上十年的性命，但馬匹我是不能交給您的！
阿爾卡金娜	但如果我一定要去呢？奇怪了！
沙姆拉耶夫	我最尊敬的夫人！您不知道經營產業是怎麼一回事呀！
阿爾卡金娜	（發怒）又來這一套！這樣的話，我今天就回莫斯科。您去村子裡幫我雇馬匹來，不然我就走路去火車站！
沙姆拉耶夫	（發怒）這樣的話，我就辭職不幹！您自己去找別的管家吧！（離開）
阿爾卡金娜	每年夏天都這樣，每年夏天我在這裡都要被羞辱！我再也不會踏進這裡一步了！

（向左朝浴場那裡走去；一會兒之後可以看到她往屋子走去；特里戈林拿著釣竿和水桶跟在她後面）

索林	（發怒）這真是無賴！這真是見鬼了！我終於受夠了這些。立刻把所有的馬匹帶來這裡！
妮娜	（向波琳娜·安德列耶芙娜）居然拒絕伊琳娜·尼古拉耶芙娜這樣一位知名的演員！她隨便一個願望，哪怕是任性的要求，難道還比不上你們的農業生產重要嗎？簡直不可置信！
波琳娜·安德列耶芙娜	（絕望地）我能怎麼辦？站在我的立場想想：我能怎麼辦？
索林	（向妮娜）我們去找我妹妹吧……我們全部去求她不要走。好不好？（瞄向沙姆拉耶夫離開的方向）那個人真教人受不了！惡霸！
妮娜	（讓他別站起來）您坐下，坐下……我們來推您去……

（她和梅德維堅科推著輪椅）

啊，這真是可怕！……

索林	對，對，這真可怕……但他不會走的，我馬上去跟他談談。

（大家離開，只剩下多恩和波琳娜·安德列耶芙娜）

多恩	這些人真無聊。其實應該把您先生給攆出去就好，不過到頭來，這個老娘們似的彼得·尼古拉耶維奇和他妹妹還是會去求他原諒。

您看著好了！

波琳娜・安德列耶芙娜　　他連拉車用的馬匹都趕去田裡工作。每天都有這樣的爭執。您可知道這讓我多麼心煩哪！我病了；您看看，我在發抖……我不能忍受他的粗魯。（哀求地）葉夫根尼，親愛的，我看也看不膩的，把我帶到您身邊吧……我們的時光消逝，我們已經不年輕了，至少在生命的最後時刻，我們不要躲藏，不要欺騙……

（停頓）

多恩　　我五十五歲了，要改變生活太遲了。

波琳娜・安德列耶芙娜　　我知道，您拒絕我是因為，除了我之外您還有其他親密的女人。不可能把所有人都弄到手吧。我了解。對不起，是我讓您厭煩了。

（妮娜出現在屋子附近，她在摘花）

多恩　　不，沒有的事。

波琳娜・安德列耶芙娜　　我嫉妒得難受。當然，您是醫生，身邊總免不了有女人。我了解……

多恩　　（向走過來的妮娜）那裡怎麼樣了？

妮娜　　伊琳娜・尼古拉耶芙娜在哭，而彼得・尼古拉耶維奇氣喘發了。

多恩　　　　　　（站起來）得去給他們倆一點纈草藥劑……

妮娜　　　　　　（給他花）請收下！

多恩　　　　　　非常感謝 ①。（走向屋子）

波琳娜・安德列耶芙娜　　　（跟他走）真是可愛的小花呀！（在
　　　　　　　　屋子附近輕聲說）這些花給我！這些花給我吧！
　　　　　　　　（她拿到花後，把花扯爛，然後丟到一旁）

　　　　　　　　　（兩人走進屋子）

妮娜　　　　　　（獨自一人）看到名演員哭感覺真怪，而且是
　　　　　　　　為了這種無聊的理由哭！還有那個名作家，
　　　　　　　　大眾寵兒，不也很奇怪？報紙對他爭相報導，
　　　　　　　　他的相片也賣得好，作品還被翻譯成好幾種外
　　　　　　　　文版，他卻整天在釣魚，釣到兩隻鱸魚就高興
　　　　　　　　了。我以為名人都很驕傲，難以親近，以為他
　　　　　　　　們都看不起平凡人，好像他們要用自己的聲望
　　　　　　　　和響亮名氣來報復平凡人，因為平凡人往往只
　　　　　　　　看重出身顯貴和財富。但他們就這樣哭泣、釣
　　　　　　　　魚、玩牌、歡笑、生氣，就跟所有人沒兩樣……

特列普列夫　　　（沒戴帽子進場，拿著獵槍和一隻死掉的海鷗）
　　　　　　　　這裡就您一個人嗎？

妮娜　　　　　　一個人。

---

①原文用法文「Merci bien」。

（特列普列夫把海鷗放在她腳下）

這是什麼意思？

特列普列夫　　我今天很卑鄙地打死了這隻海鷗。剛放在您腳下。

妮娜　　　　　您是怎麼了？（拿起海鷗看一看）

特列普列夫　　（停頓一會兒後）很快我就要像這樣打死自己。

妮娜　　　　　我快認不出您來了。

特列普列夫　　是呀，這是在我認不出您之後。您對我的態度變了，您的眼神冷淡，有我在的時候您都覺得尷尬。

妮娜　　　　　最近您變得脾氣暴躁，說話也讓人搞不懂，都用些什麼象徵來表達。看這隻海鷗也一樣，顯然也是個象徵，不過，很抱歉我不了解……（把海鷗放在板凳上）我太單純，沒辦法了解您。

特列普列夫　　這是從那天晚上我的戲愚蠢地失敗那個時候開始的。女人是不會原諒失敗的。我把劇本全都燒了，燒個精光。您知不知道我有多麼不幸啊！您的冷淡真可怕，不可思議，就好像我一覺醒來，看到這片湖水彷彿瞬間乾涸，或流失到土地之下了。剛才您說，您太單純，沒辦法了解我。啊，這有什麼好了解不了解的？！這戲不受歡迎，您看不起我的創作靈

感，已經認定我是平庸又渺小的，像其他許多人一樣⋯⋯（*跺腳*）我多麼清楚了解這點，多麼了解呀！我的腦袋裡好像有根釘子，它跟我的自尊心一樣都該死，自尊心像蛇一樣吸著我的血，吸著⋯⋯（*看見特里戈林邊走邊看書過來*）

這才是真正的天才來了；他走起路來就像哈姆雷特，也帶著一本書。（*嘲笑*）「字啊，字啊，字 ① ⋯⋯」這個太陽還沒靠近您身邊，您就已經笑了開來，您的目光融化在他的光芒之中。我不妨礙你們了。（*快步離去*）

特里戈林　（*做筆記*）她嗅鼻菸，喝伏特加⋯⋯老是穿黑衣服。有一位小學老師愛她⋯⋯

妮娜　　　您好，伯甲斯·阿列克謝耶維奇！

特里戈林　您好。情況突然變成這樣，我們今天好像就要離開了。我們以後大概不會再見面。真是遺憾呀。我並不常遇到年輕的女孩子，尤其是年輕又有趣的，我已經忘記，也無法清楚想像自己十八九歲時的感受，因此在我的小說裡，年輕女孩通常寫得很虛假。我真希望自己可以變成

---

① 引自莎士比亞《哈姆雷特》第二幕第二場台詞。這段情節描寫大臣波隆尼爾去試探哈姆雷特是否發瘋，此句之前是大臣問哈姆雷特：「您在讀什麼，殿下？」哈姆雷特用這類答非所問讓對方覺得他真的瘋了。——俄文版編注與譯注

	您，哪怕就一個小時，才好知道妳們心裡是怎麼想的，還有妳們到底是什麼樣的人。
妮娜	而我卻想要變成您。
特里戈林	為什麼？
妮娜	想知道當一個知名的天才作家有什麼感覺。有名是什麼樣的感覺？成名又讓您有什麼感受？
特里戈林	有什麼感受？大概無法感受。因為我從來沒想過這件事。（想了一下）有兩種可能：要嘛是您誇大了我的名聲，不然就是我根本感受不到。
妮娜	如果您在報紙上讀到關於自己的報導呢？
特里戈林	人家讚美我的時候，我會很高興，但要是人家罵我的話，那之後兩天我都會心情不好。
妮娜	真是奇妙的世界！您知不知道我有多嫉妒您啊！人各有各的命運。有些人勉強過著乏味、平凡的生活，個個彼此相似，個個又都不幸；對其他人來說，比如說您好了，您是百萬中選一，命中注定遇上了有趣、光明且充滿意義的人生……您很幸福……
特里戈林	我嗎？（聳聳肩）哼……看您說到名聲、幸福，說到什麼光明有趣的人生，但對我來說，所有這些好話，抱歉，都像是我從來不吃的水果軟糖一樣。您太年輕，太善良了。
妮娜	您的人生真是美好！

特里戈林　　它到底有什麼特別好的？（看錶）我該要馬上去寫作了。抱歉，我沒時間……（笑）您就像人家說的，踩到了我的痛處，我馬上就緊張了起來，還有點生氣。不過，我們就來聊一聊吧。我們來談談我這美好光明的人生……嘿，從哪裡開始呢？（稍微想一想）人常有一些揮之不去的念頭，有時候會日思夜想，比如說總想著月亮，我自己也有一個這樣的月亮。我日日夜夜都被一個討厭的念頭給控制著：我應該寫作，我應該寫作，我應該……好不容易才寫完一篇小說，不知道為什麼又要開始寫另一篇，然後第三篇，之後第四篇……我不斷地寫作，就像換乘驛馬車似的，不這樣又不行。我問您，這到底哪裡美好又光明？啊，這是什麼荒謬的人生呀！看我現在跟您在一起，我同時卻擔心，每分每刻都惦記著我還有一篇小說沒寫完。我看見這片很像鋼琴的雲朵，心裡便想：該寫進小說裡——鋼琴般的雲朵飄在空中。聞到天芥菜的花香，馬上記在心裡：香甜的味道、寡婦的顏色 ① ，這要在描寫夏日夜晚時提到。我們

①即紫色，是寡婦裝扮常用的顏色。

倆所說的每句話、每個詞，我都要用心記下，並盡快把它們鎖在我的文學材料庫裡：以後大概會用得上！當我工作結束，我會跑去劇院或釣魚；本該在那裡休息，小睡一下——實在不行，腦袋裡又來個沉重的砲彈翻來滾去——新的故事題材就硬把我拉去桌前，要我趕快再寫再寫。就這樣，我總是不給自己安寧，感覺我正在啃食自己的人生，感覺我採光了自己最美的花的花粉，還摘掉花朵，踐踏它們的根，只為獻上花蜜給不知道在哪裡的某某人。難道我不是瘋了？難道我的親朋好友看待我會像看待正常人一樣嗎？「您在寫些什麼？您要賞給我們看點什麼？」全都一樣，全都一樣，我覺得這些認識的人的關心、讚美和欽佩——全都是謊言，全都在哄騙我，像哄騙病人一樣，而我有時候會害怕，就快要有人從後面悄悄靠近我，像對波普里辛 ① 那樣，把我抓起來帶到瘋人院去。其實在那些年，在我年輕美好的歲月，在我剛出道的時候，寫作這件事就已經痛苦連連了。一個小作家，尤其當他不走運的時候，

①果戈里的小說〈狂人日記〉中的主角，這個沉溺幻想的小官員自認為是西班牙國王，最終被抓進瘋人院。——俄文版編注與譯注

他會覺得自己笨拙、難堪、多餘，而且神經緊張又苦惱不堪；他會忍不住徘徊在文學圈、藝術圈附近，他不被認可，不被任何人賞識，害怕直視他人的目光，像個沒有錢的狂熱賭徒。我沒看見我的讀者，但不知道為什麼在我的想像中，讀者對我是不友善又不信任的。我害怕觀眾，它對我來說很可怕，當我有新戲上演的時候，我每次都覺得，那些黑髮的觀眾看起來有敵意，而金髮的觀眾則是冷冷淡淡。啊，這真恐怖！這真是痛苦呀！

妮娜　　　　　請問一下，但難道靈感和創作本身的過程，沒帶給您片刻崇高又幸福的瞬間嗎？

特里戈林　　　有。當我寫作時，我很愉快。讀校樣時也很愉快，但是……才剛付印出版我就無法忍受，連看一看都覺得不對勁，這錯就錯在，好像我根本不應該寫作，我感到懊惱，心情惡劣……（笑）而讀者大眾卻看出：「對，很好，有才氣……很好，但離托爾斯泰還差得遠。」或是：「東西很棒，但屠格涅夫的《父與子》更好。」就這樣一直到我臨死前，始終都只是：很好也有才氣，很好也有才氣──就沒別的了，而當我死了以後，認識的人經過我的墓前，會說：「這裡葬著特里戈林，曾是

　　　　　　　　　　個好作家，但他寫得比屠格涅夫差。」

妮娜　　　　　　　抱歉，我無法了解您。您只是被成功給寵壞了。

特里戈林　　　　　什麼成功？我從來就看不上自己。我不喜歡自
　　　　　　　　　己當作家。最糟的是，我處在一種莫名的迷惑
　　　　　　　　　之中，常常不了解自己在寫什麼……我喜歡
　　　　　　　　　這片水、樹林、天空，我對自然有感受，它激
　　　　　　　　　發我的熱情，讓我忍不住想要寫作。但我不
　　　　　　　　　只是個描繪風景的作家，我還是個普通公民，
　　　　　　　　　我愛國家、人民，我意識到，如果我身為作
　　　　　　　　　家，那我應該要寫到人民，談談他們的苦處
　　　　　　　　　和他們的未來，談科學，談人權，諸如此類，
　　　　　　　　　我談論這一切，趕忙做著的同時，大家還從
　　　　　　　　　各方面來督促我，並對我有怨言，我則東跑
　　　　　　　　　西竄，像是隻被狗群追捕的狐狸似的，我看
　　　　　　　　　見生活和科學一直不停向前行，而我卻始終
　　　　　　　　　落後，像個沒趕上火車的農夫，因此到最後，
　　　　　　　　　我感覺到我能描寫的就只剩風景了，其他的
　　　　　　　　　一切我寫來都很虛假，虛假得不得了。

妮娜　　　　　　　您太投入工作了，讓您沒時間也沒想要發覺自
　　　　　　　　　身的價值。您儘管對自己不滿意好了，但是對
　　　　　　　　　其他人來說您是偉大又完美的！假如我是像您
　　　　　　　　　這樣的作家，那我會為大眾獻上自己的一生，
　　　　　　　　　但我也該明白，群眾要達到與我同高的地步才

	會感到幸福，才會用華麗的馬車載我迎向勝利。
特里戈林	嘿，乘馬車迎向勝利……我是阿迦門農 ① 嗎？

（兩人微笑）

妮娜	為了得到當上作家或演員那樣的幸福，我寧願忍受親人們的嫌棄，忍受貧困和失意，我寧願窩在小閣樓，只吃黑麵包，寧願因為自我不滿足和自覺不完美而感到痛苦，但同時我更期望著榮耀……真正的、轟轟烈烈的榮耀……（雙手掩面）頭暈腦脹……唉呀！……
阿爾卡金娜	（聲音從屋裡傳來）伯里斯‧阿列克謝耶維奇！
特里戈林	人家在叫我……該收拾行李了。可是不想離開。（環顧湖水）看，可真是幸福！……真美好！
妮娜	您看見對岸的房子和花園了嗎？
特里戈林	看見了。
妮娜	那是我過世的母親的莊園。我在那裡出生。我一輩子都在這座湖附近度過，湖裡的每一座小島我都很清楚。
特里戈林	你們這裡真是美好！（看到海鷗）這是什麼？
妮娜	海鷗。是康斯坦丁‧加弗里洛維奇打死的。

①希臘邁錫尼國王，特洛伊戰爭的主帥，征服特洛伊之後乘馬車凱旋歸國，卻被妻子和她的情夫殺死。這裡對話中的馬車（колесница）在俄文中有兩義，一是古代作戰用的雙輪馬車，二是典禮用的華麗馬車，當妮娜在夢想崇高的榮耀，特里戈林卻在開玩笑，契訶夫似乎是用這個雙關語來表現兩人的性格。

特里戈林	是隻美麗的鳥。真的，很不想離開。您去勸勸伊琳娜・尼古拉耶芙娜留下來吧。（*在小本子上做筆記*）
妮娜	您這是在寫什麼？
特里戈林	沒什麼，我在寫……一個忽然冒出來的題材……（*藏起小本子*）這是一個短篇小說的題材：有一位年輕女孩從小住在湖岸邊，就像您這副模樣；她像海鷗一樣愛這湖水，也像海鷗一樣幸福又自由。但偶然間來了一個人，看見她，因為沒事做而害死了她，看就像這隻海鷗一樣。

（停頓）

（窗上出現阿爾卡金娜的身影）

阿爾卡金娜	伯里斯・阿列克謝耶維奇，您在哪裡？
特里戈林	馬上來！（*邊走邊回頭看妮娜；到窗邊，向阿爾卡金娜*）怎麼了？
阿爾卡金娜	我們要留下來。

（特里戈林進屋內）

妮娜	（*靠近舞台腳燈，稍作沉思後*）真是一場夢！

（落幕）

第三幕

在索林的屋子裡的餐廳。左右有門。餐櫥。藥櫃。房間中央有一張桌子。行李箱和硬紙盒；看得出來準備出遠門。特里戈林在吃早餐，瑪莎站在桌子旁。

瑪莎	我這些話全是對身為作家的您說的。您可以拿去用。我老實告訴您：要是他把自己傷得很重，那我可不想再多活一分鐘。不過，我終究會勇敢面對。看我馬上就決定了：我要從心裡剷除這份愛，連根拔起。
特里戈林	那是要怎麼做？
瑪莎	我要嫁人。嫁給梅德維堅科。
特里戈林	嫁給那個小學老師？
瑪莎	對。
特里戈林	我不了解有什麼必要。
瑪莎	愛得毫無希望，幾年來老是等呀等……在我嫁人之後，就顧不上愛情了，新的煩惱會蓋掉所有舊的憂愁。您知道嗎，這終究是一種改變。我們要不要再來一杯？
特里戈林	不會喝太多嗎？
瑪莎	嘿，來吧！（幫各自的杯子斟滿酒）您別這麼看我。女人比您想的要更常喝酒。少數人像我一樣公開喝，多數人則是私下喝。對。而且都是喝伏特加或白蘭地。（碰杯）祝福您！您這個人很實在，捨不得跟您分開。

（兩人喝酒）

特里戈林	我自己也不想離開。

瑪莎	那您去請她留下來吧。
特里戈林	不，現在她不會留下來。她兒子的行為非常不得體。一下子要開槍自殺，現在還聽說準備要找我決鬥 ① 。是為了什麼？他在生悶氣，抱怨不滿，宣揚新的形式……但是，不管新來或舊到，每個人各有各的位子不就好了，為什麼要互相排擠呢？
瑪莎	唉，就是嫉妒。不過，這不關我的事。

（停頓）

（雅科夫帶著行李箱從左邊走到右邊；妮娜走進來，停在窗邊）

	我的那位小學老師是不太聰明，但是個好心人，窮苦人，而且深深愛著我。我可憐他，也可憐他的老母親。好吧，請容我祝福您一切安好。別記著我的壞處。（緊緊握手）非常感謝您對我的善意。就把您的書寄給我吧，一定要簽名。只是不要寫「給最敬愛的」，只要這麼寫就好：「給身世不明、不清楚為何活在世上的瑪麗雅」。再見！（離開）
妮娜	（一手握拳伸向特里戈林）猜猜是單還是雙？
特里戈林	雙。

---

①依當時貴族階級的風氣，公開場合中若有人受到侮辱且沒得到應得的道歉，通常會向對方提出決鬥，雙方用手槍對決來捍衛自己的名譽。

| 妮娜 | （嘆一口氣）不對。我手裡只有一顆豆子。我在算命，算我適不適合當演員呢？最好有人給我點建議。 |
| 特里戈林 | 這種事沒辦法建議的。 |

（停頓）

妮娜	我們要分別了……大概，以後就不會再見面了。請您接受我送的這個小墜子當作紀念。我請人刻上了您的姓名字首……這一面還刻有您的一本書名：《日日夜夜》。
特里戈林	真是精緻！（親吻墜子）真是美妙的禮物！
妮娜	偶爾想想我吧。
特里戈林	我會想的。我會想起您的，您在那個晴朗日子的模樣——還記得嗎？——一個禮拜前，當時您身穿淡色的連衣裙……我們聊天……那時候板凳上還放了一隻白色的海鷗。
妮娜	（若有所思）對，海鷗……

（停頓）

我們不能再多說了，有人過來……出發前留兩分鐘給我，拜託您……（往左方離開）

（從右方同時走進阿爾卡金娜、穿燕尾服佩帶星形勳章的索林，一副

操心收拾行李的雅科夫跟在後面）

阿爾卡金娜　　老頭子，你就留在家裡好不好啊。你是不是要帶著你的風溼病到處去見朋友？（向特里戈林）剛剛是誰走開？妮娜嗎？

特里戈林　　對。

阿爾卡金娜　　抱歉①，我們打攪了……（坐下）我大概全都打包好了吧。累死我了。

特里戈林　　（讀墜子上的字）《日日夜夜》，一二一頁，十一至十二行。

雅科夫　　（收拾桌子）請問釣竿也要收嗎？

特里戈林　　對，釣竿我還用得上。書本拿去給誰都可以。

雅科夫　　遵命。

特里戈林　　（低聲地）一二一頁，十一至十二行。這幾行到底寫了什麼？（向阿爾卡金娜）這屋子裡有我的作品嗎？

阿爾卡金娜　　哥哥書房裡的角落書櫃有。

特里戈林　　一二一頁……（離開）

阿爾卡金娜　　真的，彼得魯沙，你最好留在家裡……

索林　　您要走了，少了您在家我會難過的。

阿爾卡金娜　　那你去城市裡又能怎樣呢？

索林　　倒也不能特別怎樣，但還是要去。（笑）那裡

---

①原文用法文「Pardon」。

會有地方自治會 ① 的官舍奠基典禮，就是這
類的事⋯⋯想要從這種「貪生怕死」 ② 之中
覺醒過來，哪怕一兩個鐘頭也好，不然我真
是躺太久躺得壞掉了，好像一枝老菸嘴似的
沒用處。我叫人一點前給我準備好馬車，那
時候我們就走。

阿爾卡金娜　*（停頓之後）*欸，你還是在這裡好好過日子吧，
別掛念，不要感冒了。幫我看著兒子，愛護
他，教教他。

　　　　　　（停頓）

我這就走了，我還是不知道康斯坦丁為什麼
要開槍自殺。我覺得，主要原因是嫉妒，所
以我要把特里戈林帶走，越快越好。

索林　　　　該怎麼跟妳說呢？還有其他原因。想也知道，
一個年輕人，聰明，住在鄉下偏僻地方，沒
錢沒地位，沒有未來。沒什麼事情做。對自
己的無所事事感到羞愧和擔憂。我非常愛他，

---

①俄國從一八六四年實施地方自治，形式上有行政管理機構和議會。

②原文用「鮈魚般的生活」，典故出自薩爾蒂科夫－謝德林（M. Saltykov-
　Shchedrin, 1826-1889）的童話〈非常聰明的鮈魚〉，描寫一隻謹慎小心的小
　魚，它對什麼都害怕，沒有親戚朋友，一事無成，遇到事情只會發抖並只想到：
　「感謝上帝！我好像還活著！」它的膽怯怕事，就是它的非常聰明的生存之道；
　原作童話是用來諷刺當時溫和的自由主義分子。

他對我也很倚賴，但他始終還是覺得自己在家裡是多餘的，覺得自己在這裡是吃閒飯的人，靠別人過活。想也知道，是自尊心啦……

阿爾卡金娜　他讓我感到悲哀！（*若有所思*）要是他能去上班該多好，是不是……

索林　（*吹口哨，然後猶豫不決*）我覺得最好就是，如果妳可以的話……給他一點錢。他最需要的是穿得像樣點，就這樣。妳看看，他三年來都穿同樣那件常禮服外套，連一件大衣也沒有……（*笑*）還有最好別擋著這小夥子出去玩一玩……是不是讓他出國去走走……這又不會太花錢。

阿爾卡金娜　不過……或許衣服我還可以，但出國就……不行，在這個時候我連衣服都幫不上忙。（*堅決地*）我沒錢！

（*索林笑*）

沒錢！

索林　（*吹口哨*）是這樣啊。親愛的，對不起，妳別生氣。我相信妳……妳是慷慨又高貴的女人。

阿爾卡金娜　（*含淚*）我沒錢！

索林　要是我有錢，理所當然，我就自己給他了，但我什麼都沒有，連五戈比也沒有。（*笑*）我所

有退休金都被管家拿去，花費在農業、畜牧和養蜂上，我的錢都白白耗掉了。蜜蜂死了，乳牛也死了，馬匹又從來都不給我用……

阿爾卡金娜　　對，我是有錢，但我可是個演員，光買那些衣服就夠讓我破產了。

索林　　　　妳很善良，親愛的……我尊重妳……對……不過我好像又有點那個……（搖搖晃晃）頭昏腦脹。（抓著桌子）我就是覺得頭暈。

阿爾卡金娜　　（驚慌失措）彼得魯沙！（盡量攙扶他）彼得魯沙，我親愛的……（大叫）幫幫我！來幫忙啊！……

（頭綁繃帶的特列普列夫和梅德維堅科進場）

他頭暈！

索林　　　　沒什麼，沒什麼……（微笑，喝水）已經過去了……沒事了……

特列普列夫　（向母親）別害怕，媽媽，這沒危險。舅舅最近常常這樣。（向舅舅）舅舅，你應該要躺下。

索林　　　　好，就躺一下子……不過我還是要去城裡……躺一下就去……理所當然啦……（拄著拐杖走）

梅德維堅科　（挽著他的手臂帶他走）有個謎語是這樣：早上用四隻腳，中午用兩隻腳，晚上用三隻腳……

索林　　　　（笑）沒錯。到了夜裡就用背後了。感謝您，
　　　　　　我自己可以走……

梅德維堅科　看您真是的，客氣什麼！……

　　　　　　（他和索林離場）

阿爾卡金娜　他真是嚇壞我了！

特列普列夫　住在鄉下對他身體不好。他太苦悶。媽媽，
　　　　　　要是妳突然大方一點借他一兩千的話，他就
　　　　　　可以在城裡住上整整一年。

阿爾卡金娜　我沒錢。我是演員，不是銀行家。

　　　　　　（停頓）

特列普列夫　媽媽，幫我換繃帶吧。這個妳很拿手。

阿爾卡金娜　（從藥櫃拿來碘仿和包紮敷料的藥箱）醫生遲到
　　　　　　了。

特列普列夫　他答應十點前到，但已經中午了。

阿爾卡金娜　你坐下。（拆掉他頭上的繃帶）你好像是纏著
　　　　　　穆斯林的頭巾。昨天有個客人在廚房問你是
　　　　　　哪個民族的人。你的傷口幾乎完全癒合了，
　　　　　　剩下的就不要緊了。（親吻他的頭）我不在的
　　　　　　時候你不會再玩刀弄槍了吧？

特列普列夫　不會，媽媽。那是一時瘋了似的絕望，我控制
　　　　　　不了自己。這不會再發生了。（親吻她的手）

	妳有一雙巧手。我記得，很久以前妳還在公家劇院工作的時候，我那時還小，我們院子裡有人打架，有位住戶是洗衣女工，被打得很厲害。記得嗎？她被扶進屋裡時已經失去意識……妳常常去她家裡，送藥過去，還幫她的孩子在浴盆裡洗澡。難道妳不記得了嗎？
阿爾卡金娜	不記得。（*纏上新的緞帶*）
特列普列夫	那時候有兩位芭蕾舞者也住在我們那棟房子……他們經常來找妳喝咖啡……
阿爾卡金娜	這個我記得。
特列普列夫	多麼虔誠啊他們。

（停頓）

	最近，看就是這幾天，我像小時候那樣愛妳愛得又柔情又忘我。現在除了妳之外，我沒有任何人可以愛了。可是為什麼，為什麼在妳我之間出現了那個人。
阿爾卡金娜	你不了解他，康斯坦丁。他是一個非常高尚的人……
特列普列夫	不過，當人家告訴他我打算找他決鬥的時候，他那份高尚並不妨礙他當個膽小鬼。他一走了之。可恥的逃跑！
阿爾卡金娜	真是胡扯！是我要帶他離開這裡的。當然你

可能不喜歡我們的親密關係，但是你聰明又有教養，我有權要求你，請你尊重我的自由。

特列普列夫　我尊重妳的自由，但也請妳給我自由，讓我照自己的方式對待這個人。真是個非常高尚的人哪！看看我們為了他幾乎吵了起來，而他現在不知道是在客廳還是花園裡嘲笑我們倆，還誘導妮娜，想盡辦法讓她相信他是個天才。

阿爾卡金娜　對我說這些讓人不愉快的事你倒很高興。我尊重這個人，請你在我面前不要說他的壞話。

特列普列夫　我可不尊重。妳要我也承認他是個天才，但是對不起，我不會說謊，他的作品讓我討厭。

阿爾卡金娜　這是嫉妒。那些沒才氣卻自命不凡的人，除了會扎評真正有才氣的人，其他的什麼都不會。沒什麼好說的，就是自我安慰！

特列普列夫　（嘲諷地）真正有才氣的人！（憤怒地）我比你們全部都有才氣，如果真要比的話！（扯掉頭上的繃帶）你們是守舊派，在藝術界占了優勢，就以為只有你們自己做的才是正當又正統的，而其他人你們就趕走或壓迫！我不承認你們！既不承認妳，也不承認他！

阿爾卡金娜　頹廢派！……

特列普列夫　妳就去討妳喜歡的劇院，去那邊演些沒什麼

　　　　　　　　　價值又平庸的戲吧！

阿爾卡金娜　　我從來不演那種戲。別說我了！你連沒什麼
　　　　　　　　　價值的輕歌舞劇都寫不出來。基輔的小市
　　　　　　　　　民！只會靠別人過活！

特列普列夫　　吝嗇鬼！

阿爾卡金娜　　穿破爛衣服的人！

　　　　　　　　（特列普列夫坐下來，靜靜地哭泣）

　　　　　　　　　沒用的人！（激動地走來走去）別哭。不需要
　　　　　　　　　哭……（哭）不要……（親吻他的前額、臉頰、
　　　　　　　　　頭）我親愛的孩子，對不起……原諒你這有
　　　　　　　　　罪的母親。原諒我這個不幸的人。

特列普列夫　　（擁抱她）妳知不知道啊！我失去了一切。她
　　　　　　　　　不愛我，我已經沒辦法寫作了……什麼希望
　　　　　　　　　都沒了……

阿爾卡金娜　　不要絕望……一切都會過去的。我馬上帶走
　　　　　　　　　他，她會再愛你的。（幫他擦眼淚）夠了。我
　　　　　　　　　們就和好吧。

特列普列夫　　（親吻她的手）嗯，媽媽。

阿爾卡金娜　　（溫柔地）也跟他和好吧。不要決鬥了……沒
　　　　　　　　　必要不是嗎？

特列普列夫　　好……只不過別讓我再遇見他，媽媽。這令
　　　　　　　　　我痛苦……受不了……（特里戈林進場）他來

　　　　　　　了……我要走了……（*快速把東西收拾到藥櫃*）
　　　　　　　繃帶待會醫生會處理……

特里戈林　　　（*在書裡翻找*）一二一頁……十一至十二
　　　　　　　行……在這……（*讀出來*）「如果有一天你需
　　　　　　　要我的生命，就來拿去吧。」①

（*特列普列夫從地上撿起繃帶，離場*）

阿爾卡金娜　　（*看錶*）馬車就快準備好了。

特里戈林　　　（*低聲地*）如果有一天你需要我的生命，就來
　　　　　　　拿去吧。

阿爾卡金娜　　我想，你那邊都收拾好了吧？

特里戈林　　　（*不耐煩*）對，對……（*若有所思*）為什麼在
　　　　　　　這個純潔心靈的請求中，讓我聽來有一股悲
　　　　　　　傷，我的心又揪得那麼痛？……如果有·天
　　　　　　　你需要我的生命，就來拿去吧。（*向阿爾卡金
　　　　　　　娜*）我們再多留一天吧！
　　　　　　　（*阿爾卡金娜否定地搖搖頭*）留下來吧！

阿爾卡金娜　　親愛的，我知道是什麼把你留在這裡。但是你
　　　　　　　自己要把持住。你有點沉迷了，清醒一下吧。

特里戈林　　　妳也要清醒一點，聰明一點，要通情達理，

①這個墜子和上面刻的這句話，經契訶夫的妹妹瑪麗雅在回憶錄中證實確有其事
　——現實中的墜子是一位愛慕契訶夫的已婚女作家阿維洛娃（L. A. Avilova,
　1864-1943）送給契訶夫的，她在自己的回憶錄小說《我生命中的契訶夫》裡
　亦提及此事。

我 求 妳 ， 像 個 真 正 的 朋 友 來 看 待 這 一 切
吧……（*緊握她的手*）妳 可 以 犧 牲……當 我 的
朋 友 ， 放 我 走 吧……

阿爾卡金娜　（*非常激動*）你有這麼迷戀嗎？

特里戈林　我被她迷住了！或許，這正是我需要的。

阿爾卡金娜　需要一個鄉下小女孩的愛？啊，你真是不了
解自己呀！

特里戈林　有時候人會邊走邊睡覺，就像我在跟妳說話
的這個時候，我卻好像在睡覺，而且還夢見
她……甜美的夢想控制了我……放我走吧……

阿爾卡金娜　（*顫抖地*）不要，不要……我是個平凡的女
人，不可以跟我講這種話……別折磨我，伯
里斯……我會害怕……

特里戈林　如果妳想要的話，妳可以變得不平凡。年輕、
美好又詩意的愛情，將人帶往如夢似幻的境界
——人世間唯有這樣的愛情才能給予人幸福！
我還不曾嘗過這樣的愛……年輕的時候沒機
會，因為我得常去報刊編輯室求人家，要跟貧
困生活搏鬥……現在妳看，這樣的愛情終於來
了，向我招手……又有什麼理由要逃避呢？

阿爾卡金娜　（*憤怒地*）你瘋了！

特里戈林　就算是吧。

阿爾卡金娜　你們全都串通好了今天要折磨我！（*哭*）

特里戈林　　　（抱著自己的頭）她不了解！她不想了解！

阿爾卡金娜　　難道我已經又老又醜，可以跟我毫不客氣地談其他的女人嗎？（擁抱他並親吻）啊，你瘋了！我美好又美妙的……你，是我生命中的最後一頁！（跪下）我的歡樂，我的驕傲，我的幸福……（抱住他的雙膝）如果你拋棄我，就算是一個鐘頭，我都受不了，我會發瘋的，我了不起的、傑出的，我的主宰啊……

特里戈林　　　這裡會有人來的。（扶她站起來）

阿爾卡金娜　　就讓人家看吧，我對你的愛我不會害臊。（親吻他的手）我的寶貝，不顧死活的人哪，你想要發瘋，但我不想，我不讓……（笑）你是我的……你是我的……這額頭是我的，這眼睛是我的，還有這美麗如絲網般的頭髮也是我的……你整個人都是我的。你是這麼有才氣，又聰明，比當今所有作家都優秀，你是俄羅斯唯一的希望……你寫的東西多麼真誠、樸實、清新，幽默感多麼有益身心……無論容貌或景色，你可以用一個細節就傳達出最重要的特點，你筆下的人物個個生動。啊，讀你的作品不能不讚嘆！你認為這是諂媚？是我在奉承你嗎？好，你看看我的眼睛……看一看……我像撒謊的人嗎？你要知道，只有

我一個人會珍惜你；只有我一個人跟你說真話，我親愛的，美妙的……你會走吧？是吧？你不會拋棄我吧？……

特里戈林　　我沒有自己的意志……我從來就沒有自己的意志……萎靡不振、身材虛胖，總是溫溫順順──難道這種人會討女人喜歡嗎？帶我走吧，帶我離開，只是別放我離開妳一步……

阿爾卡金娜　　（*低聲地*）現在他是我的了。（*毫不在乎地，好像什麼都沒發生過*）不過，如果你想要，你可以留下來。我自己走，你稍後再來，一個禮拜以後。也對，你急著要去哪呢？

特里戈林　　不，要走就一起走。

阿爾卡金娜　　隨你。要一起，那就一起吧……

（*停頓*）

（*特里戈林在小本子上做筆記*）

你在幹嘛？

特里戈林　　早上聽到一個很好的詞：「處女林」　①……以後會用得上。（*伸懶腰*）那麼要走了嗎？又是車廂、車站、食堂、捶軟了的肉排、聊天……

---

① 「處女林」這個詞為什麼以後會用得上？頗耐人尋味。文中的林是指松樹林（бор），在〈論劇作家契訶夫之簡單的複雜性〉（О «СЛОЖНОСТИ ПРОСТО-ТЫ» А.П. ЧЕХОВА–ДРАМАТУРГА, S. A. Komarov, 2010）這篇論文中，提到這個詞在俄語中另有一義為占有，因此彷彿給了特里戈林一個「占有處女」的遐想。

沙姆拉耶夫　　　（進場）我有幸沉痛地報告，馬車備妥了。時
　　　　　　　　　候已經到了，我最尊敬的夫人，該去車站了；
　　　　　　　　　火車兩點五分到站。那麼，伊琳娜·尼古拉
　　　　　　　　　耶芙娜，您就幫幫忙，別忘記去打聽一下：演
　　　　　　　　　員蘇茲達利采夫現在在哪裡？還活著嗎？身
　　　　　　　　　體好嗎？我們曾經有好幾次一塊喝酒……他
　　　　　　　　　在《被搶劫的郵局》 ① 裡演得無與倫比……
　　　　　　　　　我還記得那時候在以利沙伯格勒 ② ，跟他一
　　　　　　　　　起演出的悲劇演員伊茲邁洛夫，也是個出色的
　　　　　　　　　人物……別急，我最尊敬的夫人，可以再等五
　　　　　　　　　分鐘。有一次在一齣通俗劇中，他們演出謀反
　　　　　　　　　者，當他們在現場突然被逮捕，那時候應該說：
　　　　　　　　　「我們落入陷阱了」，伊茲邁洛夫卻說──「我
　　　　　　　　　們落入仙境 ③ 了」……（哈哈大笑）仙境！……

（他還在說話的同時，雅科夫在行李箱旁忙著收拾，女僕給阿爾卡金娜
拿來帽子、寬袖大衣、傘、手套；所有人幫阿爾卡金娜穿好衣服。廚師
從左邊的門探頭張望，稍微等了一下才猶豫地進來。波琳娜·安德列耶
　　　　芙娜進場，索林和梅德維堅科跟著進場）

────────────
①此為俄國演員、劇作家布爾金（F. Burdin, 1827-1887）改編自法國作品的劇
　作。一八七〇年代這齣戲曾在契訶夫的故鄉塔干羅格上演過。──俄文版編注
②現稱基羅沃格勒（Kirovograd），烏克蘭中部大城。
③諧音口誤的笑話，演員把「落入陷阱」（в западню），誤講成「落入仙境」（в
　запендю）。

波琳娜‧安德列耶芙娜　　（提著小籃子）這是給你們在路上吃的李子……很甜。或許，你們會想吃點好吃的……

阿爾卡金娜　　您真是好心，波琳娜‧安德列耶芙娜。

波琳娜‧安德列耶芙娜　　再見，我親愛的！如果有什麼不太妥當的地方，還請見諒。（哭）

阿爾卡金娜　　（擁抱她）一切都好，一切都好。就是不要哭。

波琳娜‧安德列耶芙娜　　我們相處的時光一下就過去了！

阿爾卡金娜　　還能怎麼辦呢！

索林　　（身穿帶風帽的大衣，戴帽子，拄著拐杖，從左邊的門走出去；穿過房間）妹妹，時候到了，可別遲到。我上車了。（離開）

梅德維堅科　　那我走路去車站……送行。我趕快……（離開）

阿爾卡金娜　　再見，我親愛的……如果我們健健康康活著，那夏天又會再見面……

（女僕、雅科夫和廚師親吻她的手）

別忘記我。（給廚師一盧布）這一盧布是給你們三個人的。

廚師　　由衷感謝，夫人。祝您一路平安！您對我們太好了！

雅科夫　　祝您順心！

沙姆拉耶夫　　能捎個信來就太好了！再會了，伯里斯‧阿

列克謝耶維奇！

阿爾卡金娜　　康斯坦丁在哪裡？告訴他我要走了。該要互相道別的。欸，別記著我的壞處。*（向雅科夫）* 我給了廚師一盧布。那是給你們三個人的。

（所有人往右離去。舞台空無一人。舞台後一片喧鬧，是送行常有的那種吵雜聲。女僕回來，拿走桌上裝李子的籃子，又離去）

特里戈林　　　*（回來）* 我忘記我的手杖了。它好像在露台那邊。

（他走去，在左方的門旁遇見進來的妮娜）

是您嗎？我們要走了……

妮娜　　　　　我就覺得我們還會再見面。*（激動地）* 伯里斯‧阿列克謝耶維奇，我下定決心，骰子已經擲下去了 ①，我要去當演員。明天我就不會在這裡了，我要離開父親，拋下一切，開始新生活……我要去的地方，跟您一樣……去莫斯科。我們會在那裡見面的。

特里戈林　　　*（四下張望）* 您去住「斯拉夫人市集飯店」 ② 吧……到了就馬上通知我……我住在莫爾恰諾夫卡街 ③ 的格羅霍利斯基宅……我要趕快

---

①此為凱撒帶兵越過盧比孔河的名言，指不留退路，下定決心冒險。
②位於莫斯科市中心，離紅場約五百公尺，是當時著名的飯店。
③位於莫斯科市中心西側的林蔭環道外，近阿爾巴特廣場，離紅場約兩三公里。

走了……

（停頓）

妮娜	再等一下……
特里戈林	（低聲地）您是這麼美……啊，想到我們很快要見面就覺得真是幸福！

（她依偎在他胸前）

我又會再見到這雙美妙的眼睛、美麗溫柔得難以形容的微笑……還有這溫順的臉龐、天使般純潔的表情……我親愛的……

（持續很久的親吻）

（落幕）

（第三和第四幕相隔兩年）

第四幕

索林家的一間客廳，被改裝成康斯坦丁·特列普列夫的書房。左右方有門通往內室。正面有一扇玻璃門開向露台。除了常見的客廳家具外，右邊角落有一張書桌，左側門旁有一張土耳其沙發、一個書櫃，各個窗台和椅子上擺了一些書。——晚上。一盞燈透過燈罩發出亮光。昏昏暗暗。聽得見樹林的沙沙聲響，以及煙囪裡風的嗚嗚。

（守夜人敲著梆子。梅德維堅科與瑪莎進場）

瑪莎	（*叫喊*）康斯坦丁·加弗里洛維奇！康斯坦丁·加弗里洛維奇！（*四下張望*）什麼人都沒有。老先生每分每刻都在問：科斯佳在哪裡？科斯佳在哪裡？……少了他就活不下去……
梅德維堅科	他怕孤單。（*留心聽*）真是糟糕的天氣！已經這樣兩天了。
瑪莎	（*撥亮燈火*）湖上起浪了。一陣陣的巨浪。
梅德維堅科	花園裡真暗。該要說兩句，花園裡那座戲台得要拆掉才對。它像死人骨架似的，光禿禿又亂糟糟的擺在那裡，然後布幕被風吹得啪啪響。昨天晚上我經過的時候，我就覺得，好像有人在裡面哭。
瑪莎	欸，看你說得……

（*停頓*）

梅德維堅科	走吧，瑪莎，回家了！
瑪莎	（*搖頭拒絕*）我留在這裡過夜。
梅德維堅科	（*哀求地*）瑪莎，走吧！我們的孩子恐怕要餓肚子了。
瑪莎	沒關係。瑪特留娜會餵他。

（*停頓*）

梅德維堅科	可憐哪。孩子已經第三個晚上沒有母親陪了。

瑪莎	你變得很煩人。以前你雖然常常高談闊論，但現在嘴裡總是重複著：小孩，回家，小孩，回家——就再也沒聽過你說其他什麼了。
梅德維堅科	走吧，瑪莎！
瑪莎	你自己走吧。
梅德維堅科	妳父親不會給我馬。
瑪莎	他會給的。你去跟他要，他就會給。
梅德維堅科	或許吧，我會去找他。那麼，妳明天會回來嗎？
瑪莎	*（嗅鼻菸）*好吧，明天。被你糾纏得煩死了……

（特列普列夫和波琳娜·安德列耶芙娜進場；特列普列夫拿枕頭和被子進來，波琳娜·安德列耶芙娜則拿床單被套；他們把東西疊放在土耳其沙發上，之後特列普列夫走向自己的桌子，就坐）

這是做什麼用的，媽媽？

波琳娜·安德列耶芙娜	彼得·尼古拉耶維奇請我幫他在科斯佳的房裡鋪床。
瑪莎	讓我來吧……*（動手鋪床）*
波琳娜·安德列耶芙娜	*（嘆一口氣）*這老的跟小孩子一樣……*（走向書桌前，手肘撐在桌上，看著稿子）*

（停頓）

梅德維堅科　　　那我走了。再見，瑪莎。（*親吻妻子的手*）再見，媽媽。（*想親吻岳母的手*）

波琳娜‧安德列耶芙娜　　　（*心煩地*）去吧！你好好走吧。

梅德維堅科　　　再見，康斯坦丁‧加弗里洛維奇。

（*特列普列夫沉默地伸出手；梅德維堅科離開。*）

波琳娜‧安德列耶芙娜　　　（*看著稿子*）科斯佳呀，誰都想不到也猜不到，您會成為一位真正的作家。看看這個，感謝上帝，雜誌社開始寄稿費給您了。（*伸手撫摸他的頭髮*）還變得俊俏了⋯⋯可愛的科斯佳，親愛的，您要對我的瑪莘卡好一點哪！⋯⋯

瑪莎　　　（*鋪著床*）別煩他了，媽媽。

波琳娜‧安德列耶芙娜　　　（*向特列普列夫*）她很討人喜歡的。

（*停頓*）

科斯佳呀，女人不求什麼，只要溫柔地看她一眼就夠了。我自己是女人很清楚。

（*特列普列夫從桌子後面站起來，默默地離開*）

瑪莎　　　看您惹惱他了。幹嘛煩人家呢！

波琳娜‧安德列耶芙娜　　　我可憐妳呀，瑪莘卡。

瑪莎　　　才不需要！

波琳娜・安德列耶芙娜　　我為妳感到心痛。因為我都看在眼裡，也都了解。

瑪莎　　這都是蠢話。沒有希望的愛情——只有在小說裡才看得到。都是胡扯。只要不縱容自己，別老是期待著什麼，期待不可能實現的東西……心裡一旦有了愛情，就該把它趕走。現在他們已經答應把丈夫調到其他縣城了。我們搬過去以後——我就會全部忘掉……這份愛我會從心裡連根拔起。

（在隔兩個房間的那頭響起憂傷的華爾滋）

波琳娜・安德列耶芙娜　　是科斯佳彈的。這麼說，他也覺得煩惱。

瑪莎　　（靜靜地跳起華爾滋，轉了兩三周）媽媽，主要是別讓我看到。只要把我的西蒙給調走，您要相信，我在那邊一個月就會忘掉的。這一切都沒什麼。

（左邊的門打開，多恩和梅德維堅科推著坐在輪椅裡的索林）

梅德維堅科　　現在我家裡有六口，但麵粉每普特 ① 要價七十戈比。

————————————

①一普特等於十六・三八公斤。

多恩	你就動動腦筋吧。
梅德維堅科	您笑得可輕鬆。您有的是錢。
多恩	錢？我執業三十年，我的朋友，都是些麻煩的工作，我日日夜夜忙得沒有自己的時間，能攢到的也只有兩千盧布，前不久我住在國外的時候就全花掉了。我現在什麼都沒有了。
瑪莎	（向丈夫）你還沒走啊？
梅德維堅科	（抱歉地）能怎麼辦呢？他們不給我馬！
瑪莎	（苦惱地，輕聲說）別出現在我眼前！

（輪椅留在房間的左側；波琳娜・安德列耶芙娜、瑪莎和多恩並排
　　　坐著；梅德維堅科憂愁地退到一旁）

多恩	不過你們這裡的變化真大！客廳變成了書房。
瑪莎	康斯坦丁・加弗里洛維奇在這裡工作更方便。他可以隨時去花園，在那裡思考。

（守夜人敲著梆子）

索林	我妹妹在哪裡？
多恩	她去火車站接特里戈林，馬上就回來了。
索林	既然您覺得有必要把我妹妹請來這裡，那就是說，我病得很重了。（沉默一下子）這是怎麼一回事，我病重，但又不給我吃藥。
多恩	那您想要什麼？幾滴纈草藥劑？蘇打？奎寧？

索林	哼，又要高談闊論了。啊，真是受罪！（用頭指一下沙發）這是為我鋪的嗎？
波琳娜・安德列耶芙娜	是為您準備的，彼得・尼古拉耶維奇。
索林	感謝您。
多恩	（哼唱）「月兒在夜空遊蕩 ① ……」
索林	看看，我想給科斯佳一個小說的題材，名稱應該叫：「只會想的人」，法文就是「L'homme qui a voulu」。我年輕的時候曾經想當個文學家——沒當成；想講話講得漂亮點——卻講得令人討厭（嘲弄自己）：「就這樣了，還有諸如此類的，那個嘛，又不太那個」……因此，常常是結論一下再下，甚至還出了一身汗；想要結婚——沒結成；想一直住在城市裡——這下卻在鄉村度過餘生，就這樣了。
多恩	想要當個四等文官 ② ——當成了。
索林	（笑）這個我可沒去追求，是它自己跑來的。
多恩	在六十二歲的時候還表達自己對生活的不

---

①俄國音樂家施洛夫斯基（K. S. Shilovsky, 1849-1893）寫的小夜曲《小老虎》的第一句歌詞，當時非常流行。——俄文版編注
②帝俄時期文官體系分十四等，一等最高，四等文官通常擔任中央部會的司長、局長或地方的省長、直轄市長等職務。貴族頭銜可世襲當官，因此下一句索林說這官職是「自己跑來的」。

	滿，您得同意——這不夠豁達。
索林	真是個古板的人。您理解一下吧，我想活下去呀！
多恩	這是輕浮。按照自然規律，一切的生命都該有終點。
索林	講得您就像是個生活無虞的人。您生活富足，因此對生命的態度很冷漠，您什麼都無所謂。但是，就算是您也會害怕死亡的。
多恩	害怕死亡——是動物性的恐懼……必須要克服。只有相信永生的人才會意識到死亡的可怕，那些人害怕面對自己的罪惡。而您呢，第一，是沒有信仰的人，第二，您犯了什麼罪嗎？您二十五年來都在司法機關服務——就沒別的了。
索林	（笑）是二十八年……

（特列普列夫進場，坐在索林腳邊的長凳上。瑪莎的眼睛
　　　　總是離不開他）

| 多恩 | 我們打擾康斯坦丁·加弗里洛維奇工作了。 |
| 特列普列夫 | 不，沒有。 |

（停頓）

| 梅德維堅科 | 請問您，醫生，您比較喜歡國外哪一個城市？ |

多恩　　　　　熱那亞。

特列普列夫　　為什麼是熱那亞？ ①

多恩　　　　　那裡的街頭人群太棒了。你晚上從旅館出來，
　　　　　　　整條街經常還是塞滿了人。然後你漫無目的
　　　　　　　地在人群中移動，走來走去，東彎西拐，跟
　　　　　　　人群共生，彼此精神交融，於是你開始相信，
　　　　　　　世界靈魂可能確實存在，它就像是您以前一
　　　　　　　齣劇中妮娜‧扎列奇娜雅所演的那個角色。
　　　　　　　對了，扎列奇娜雅現在在哪呢？她人在哪
　　　　　　　裡？又過得如何呢？

特列普列夫　　她應該還好。

多恩　　　　　我聽人家說，她好像過著一種不尋常的生活。
　　　　　　　發生了什麼事嗎？

特列普列夫　　醫生，這說來話長了。

多恩　　　　　那您長話短說。

（停頓）

特列普列夫　　她離家出走，跟特里戈林同居。這點您知道嗎？

多恩　　　　　我知道。

特列普列夫　　她懷了孩子。但孩子生了又夭折。特里戈林

────────────

①熱那亞是義大利北部港市。契訶夫似乎要藉由這個問答，在多恩下一段的回應
　中用這個世界性城市的「日常生活」來呼應第一幕劇中劇的「哲學思考」。

<table>
<tr><td></td><td>不再愛她，回到自己的舊情人身邊 ①　，就如大家所預料的一樣。不過，他可是從來沒拋棄過之前的情人，只是沒點個性地四處耍心機。就我所能了解到的是，妮娜的個人生活非常不順。</td></tr>
</table>

多恩　　　　　那演戲呢？

特列普列夫　　好像更糟。她在莫斯科郊外的一個別墅區劇院初登場，然後到外省演出。那時候我緊緊盯著她，還有一段時間是她去哪裡我就跟到哪裡。她一直都演出重要的角色，但演得草率，沒有味道，呼來喊去，動作急猛生硬。有些時候，她那聲聲呼喊和那臨死的樣子還頗有才氣，但也只是一下子。

多恩　　　　　也就是說，還是有點天分囉？

特列普列夫　　這很難說明白。應該是有的。我去看她，但她不想見我，僕人也不讓我進她的旅館房間。我了解她的心情，就不堅持見面了。

（停頓）

---

①一八九〇年前後，契訶夫的妹妹瑪麗雅的學校同事米濟諾娃常來契訶夫家作客，契訶夫很喜歡跟她開玩笑，米濟諾娃非常愛慕他，但長時間得不到契訶夫的承諾，一八九四年，她轉而愛上契訶夫的友人作家波塔賓科，與這位有婦之夫私奔至巴黎同居，生了孩子又夭折，男的分手後回到老婆身邊，但她仍愛著對方──這兩人正是妮娜和特里戈林的原型，米濟諾娃也是渴望成為女演員。

　　　　　　　您還能說什麼呢？之後，我回到家收到她的來信。信寫得聰明、溫暖、有趣；她沒抱怨，但我感覺得出，她非常不幸；信裡沒有一行字不帶點病態的神經緊張。想像力也有點不正常。她在信裡署名「海鷗」。在《水妖》① 一劇中，磨坊主人說自己是烏鴉，而她是在好幾封信中一再說自己是海鷗。現在她人在這裡。

多恩　　　　　怎麼會在這裡？

特列普列夫　　她住在城裡的一間舊旅店，已經在那裡五天了。我原本要去找她，剛好瑪麗雅·伊利英尼奇娜先去了，可是她誰也不見。西蒙·西蒙諾維奇肯定地說，昨天大約午餐後，他在離這兩里路的田野上看過她。

梅德維堅科　　對，我看到了。她往進城的那個方向去。我鞠躬致意，問她怎麼不來我們這裡作客。她說她會來。

特列普列夫　　她不會來的。

　　　　　　　　　（停頓）

---

① 《水妖》（Rusalka），是作家普希金（A. S. Pushkin, 1799-1837）未完成的劇作，這裡很可能指作曲家達爾戈梅日斯基（A. S. Dargomyzhsky, 1813-1869）於一八五五年改編自普希金原作的同名歌劇。這齣劇是講一位磨坊主人的女兒被相戀的公爵拋棄因而投河自盡化成水妖的愛恨情仇，磨坊主人失去女兒後發瘋，在森林裡遊蕩自稱是烏鴉。——俄文版編注與譯注

　　　　　　　她的父親和繼母不想認她。四處安排了守衛，
　　　　　　　甚至不讓她靠近莊園。（*與醫生一起走到書桌*
　　　　　　　前）醫生，當個紙上的哲學家多麼簡單，但
　　　　　　　要真正去實踐卻那麼難啊！

索林　　　　　這女孩以前真迷人。

多恩　　　　　說什麼？

索林　　　　　我說，這女孩以前真迷人。四等文官索林還
　　　　　　　曾經有一陣子愛上了她呢。

多恩　　　　　老色鬼 ① 。

　　　　　（*傳來沙姆拉耶夫的笑聲*）

波琳娜・安德列耶芙娜　　我們的人好像從火車站過來
　　　　　　　了⋯⋯

特列普列夫　　對，我聽到媽媽的聲音了。

　　　　（*阿爾卡金娜和特里戈林進場，沙姆拉耶夫跟在他們後面*）

沙姆拉耶夫　　（*走進來*）我們都老了，自然而然就凋零了，
　　　　　　　而您，我最尊敬的夫人，依舊年輕⋯⋯一身
　　　　　　　光鮮的衣服，有活力⋯⋯又優雅⋯⋯

---

① 「色鬼」在原文是用英國作家理查森（Samuel Richardson, 1689-1761）
　一七四八年的小說《克拉麗莎》（Clarissa, or, the History of a Young
　Lady）的男主角名──「勒夫雷斯」（Lovelace），這個名字的意義在俄國文
　學中經常是引誘女人的好色之徒。

阿爾卡金娜	您又想用誇獎來觸我霉頭，這人真煩！
特里戈林	（向索林）您好，彼得·尼古拉耶維奇！您怎麼老是生病？不行喔！（看見瑪莎，愉快地）瑪麗雅·伊利英尼奇娜！
瑪莎	還認得我啊？（握他的手）
特里戈林	嫁人了嗎？
瑪莎	早嫁了。
特里戈林	幸福嗎？（向多恩和梅德維堅科點頭行禮，然後遲疑地走向特列普列夫）伊琳娜·尼古拉耶芙娜說，您已經忘掉過去的事，不再生氣了。

（特列普列夫把手伸給他）

阿爾卡金娜	（向兒子）看這是伯里斯·阿列克謝耶維奇帶來的雜誌，上面有你最新的小說。
特列普列夫	（收下雜誌，向特里戈林）感謝您。您太客氣了。

（大家坐下）

特里戈林	您的崇拜者要向您致意……在彼得堡和莫斯科所有人都對您感興趣，老是向我打聽您，問說：他是什麼樣的人？幾歲？黑髮還是金髮？不知道為什麼大家都以為您已經不年輕了。因為您用筆名刊登文章，沒人知道您的本名。您神祕得像是鐵面人 ① 一樣。

特列普列夫　　要在我們這裡待很久嗎？

特里戈林　　　不，我想明天就去莫斯科。一定得去。我趕
　　　　　　　著完成一篇小說，之後還答應要交一篇東西
　　　　　　　給一個文集。總之——都是老樣子。

（他們還在談話的時候，阿爾卡金娜和波琳娜‧安德列耶芙娜把一
張呢面折疊牌桌擺到房間中央，並打開架起來；沙姆拉耶夫點上蠟燭，
擺好椅子。有人從櫃子裡拿出樂透牌②）

　　　　　　　天氣對我很不好。風刮得猛。明天早上如果
　　　　　　　風停下來，我就去湖邊釣魚。對了，得要去
　　　　　　　察看花園和那個地方，您記得嗎？就是您那
　　　　　　　齣戲上演的那裡。我有個醞釀得差不多的小
　　　　　　　說題材，只要去恢復一下事發地點的記憶就
　　　　　　　好。

瑪莎　　　　　（向父親）爸爸，幫我丈夫找馬匹來吧！他要
　　　　　　　回家！

沙姆拉耶夫　　（語帶嘲弄）馬……回家……（嚴厲地）妳自
　　　　　　　己也看到了：馬匹剛剛才派去火車站回來。
　　　　　　　可不能再派了。

①法王路易十四的神祕囚犯，至死一直戴著面具，他的形象在歷史上有許多關於
　他出身的負面傳聞（如伏爾泰稱他是路易十三的私生子）。這裡特里戈林或許
　是不經意的一句話就刺傷著特列普列夫。
②樂透牌（loto），一種紙牌遊戲，分發每位玩家一組號碼牌，各玩家聽到莊家
　喊出的號碼就可以蓋掉手中該號碼的牌，最先蓋完手中牌的人為贏家。

瑪莎　　　　　但是還有其他的馬呀……（看到父親悶不吭聲，便揮揮手作罷）跟您打交道啊……

梅德維堅科　　瑪莎，我走路回家。也確實……

波琳娜・安德列耶芙娜　　（嘆一口氣）在這種天氣走路……（在牌桌前坐下）請吧，各位先生。

梅德維堅科　　全程也不過六里路嘛……再見……（親吻妻子的手）再見，媽媽。

（岳母不太情願地伸出手給他親吻）

我也希望不要麻煩別人，不過為了孩子……（向大家鞠躬）再見……（離開；走路的樣子好像做錯了什麼似的）

沙姆拉耶夫　　他會走到的，又不是將軍。

波琳娜・安德列耶芙娜　　（敲敲桌子）請吧，各位先生。我們別浪費時間，不然很快又要叫我們吃晚飯了。

（沙姆拉耶夫、瑪莎和多恩到桌前坐下）

阿爾卡金娜　　（向特里戈林）每當漫長的秋夜來臨，這裡就會玩樂透牌。您看看：這副老舊的樂透牌，過世的母親跟我們一起玩過，那時候我們還是小孩子。晚飯前您想不想跟我們玩一局？（跟特里戈林一起坐在桌前）遊戲很無聊，但如

	果玩慣了，也還不錯。（*她給每個人發三張牌*）
特列普列夫	（*翻閱雜誌*）他自己的小說讀過了，但我的那幾頁甚至都還沒裁開 ① 。（*把雜誌放在書桌上，然後往左邊的門走去；經過母親身旁，親吻她的頭*）
阿爾卡金娜	那你呢，科斯佳？
特列普列夫	對不起，有點不太想玩……我出去走一走。（*離開*）
阿爾卡金娜	賭注——是十戈比銀幣。幫我下注，醫生。
多恩	遵命。
瑪莎	全都下好注了嗎？我開始囉……二十二！
阿爾卡金娜	有了。
瑪莎	三！……
多恩	對了。
瑪莎	三，牌擺好了嗎？八！八十一！十！
沙姆拉耶夫	別急嘛。
阿爾卡金娜	我那時在哈里科夫 ② 多麼受歡迎，我的天啊，到現在我還暈頭轉向！
瑪莎	三十四！

①當時新印好的雜誌或書是不裁邊的，讀的時候自行拿刀裁開，因此可以看得出來是否被讀過。
②哈里科夫（Kharkov），當時的外省大城市，現為烏克蘭的第二大城。這裡母親沉緬於過去風光的形象，與在現實中受挫而沮喪的兒子形成強烈的對比。

（舞台後方傳來憂鬱的華爾滋琴聲）

阿爾卡金娜　　　大學生為我熱烈歡呼……送我三個花籃、兩個花圈，還有這個……（從胸前取下一枚胸針拋在桌上）

沙姆拉耶夫　　　是啊，這個厲害……

瑪莎　　　　　　五十！……

多恩　　　　　　五十整嗎？

阿爾卡金娜　　　那時候我身上那套衣服真是太美了……說到穿衣服，我可不是笨蛋。

波琳娜·安德列耶芙娜　　科斯佳在彈琴。他心裡難過，可憐的人。

沙姆拉耶夫　　　報紙上把他批得很凶。

瑪莎　　　　　　七十七！

阿爾卡金娜　　　想引人注意罷了。

特里戈林　　　　他運氣不好。所有東西都沒表現出原本的真正樣子。似乎哪裡怪怪的，含含糊糊，有些時候甚至像在胡言亂語。沒有一個活生生的人物。

瑪莎　　　　　　十一！

阿爾卡金娜　　　（回頭看一眼索林）彼得魯沙，你覺得無聊嗎？

（停頓）

他睡了。

多恩　　　　四等文官睡了。

瑪莎　　　　七！九十！

特里戈林　　如果我可以住在這種湖濱莊園的話，那難道我還要寫作嗎？我會拋開對創作的愛好，只願去釣釣魚。

瑪莎　　　　二十八！

特里戈林　　釣個梅花鱸或河鱸——這真是無比的幸福啊！

多恩　　　　而我對康斯坦丁·加弗里洛維奇有信心。他有點東西！他是有點東西！他透過各種想像去思索，他說的故事生動又鮮明，讓我有強烈的感受。只可惜，他沒有明確的目的。他是給人留下印象，但就沒別的了 ① ，然而單憑一個印象畢竟沒辦法走得長遠。伊琳娜·尼古拉耶芙娜，您的兒子是作家您高興嗎？

阿爾卡金娜　您看看，我還沒讀過他的東西呢。一直沒時間。

瑪莎　　　　二十六！

（特列普列夫安靜地走進來，到自己的桌前）

---

①多恩對特列普列夫的這段評價，讓人想起當時一位評論家佩爾佐夫（P. P. Pertsov, 1868-1947）在《俄羅斯財富》（一八九三年一月號）上批評過契訶夫的話：「……（他的作品）讓讀者覺得似乎缺了什麼，沒有完整的觀感。全都寫得很好，但好像少了些什麼。」

沙姆拉耶夫	（向特里戈林）伯里斯·阿列克謝耶維奇，您有個東西留在我們這裡。
特里戈林	什麼東西？
沙姆拉耶夫	是康斯坦丁·加弗里洛維奇有一次打死的那隻海鷗，您吩咐我把它做成標本。
特里戈林	我不記得了。（想來想去）我不記得了！
瑪莎	六十六！一！
特列普列夫	（敞開窗戶，仔細聆聽）天色真暗！我不了解，為什麼我感到這麼不安。
阿爾卡金娜	科斯佳，把窗戶關上，不然風會吹進來。

（特列普列夫關上窗）

瑪莎	八十八！
特里戈林	我贏了一局，各位先生。
阿爾卡金娜	（高興地）好啊！好啊！
沙姆拉耶夫	好啊！
阿爾卡金娜	這個人總是處處走運。（站起來）那現在我們去吃點東西吧。我們的大人物今天連中飯都還沒吃呢。吃完晚飯後我們再繼續。（向兒子）科斯佳，別管你的稿子了，來吃東西吧。
特列普列夫	我不想，媽媽，我吃飽了。
阿爾卡金娜	隨便你。（叫醒索林）彼得魯沙，吃飯了！（挽著沙姆拉耶夫的手臂）我跟您說，在哈里科夫

他們是怎麼招待我的……

（波琳娜·安德列耶芙娜吹熄桌上的蠟燭，然後她和多恩推著輪椅。所有人往左邊的門離去；舞台上只剩下特列普列夫獨自待在書桌前）

特列普列夫　　　（準備寫作；瀏覽已經寫好的稿子）我談了這麼多新形式，現在卻覺得，我漸漸落入了舊習氣裡。（讀）「圍牆上的海報說……一張被黑頭髮環繞的蒼白臉龐……」上面說，環繞……這樣寫很平庸（刪掉）。我從主角被喧鬧的雨聲吵醒開始寫，其他的部分全刪掉。月夜的描寫太長也太雕琢了。特里戈林給自己訂出了一些創作模式，就可以寫得很輕鬆……在他的文章裡，水壩上一只破瓶子的瓶頸閃著亮光，磨坊轉輪的陰影發黑——月夜的景色這樣就成了，而我的描寫中，有顫動的燈火，有星子安靜地閃爍，還有遠方的鋼琴聲，漸次止息在寧靜而芬芳的空氣中……這很痛苦。

（停頓）

對，我越來越確信，重點不是舊形式或新形式，而是一個人寫作不必去在意任何形式的問題，寫作是因為自然而然發自內心的。

（有人敲著靠近書桌的那扇窗）

這是什麼？（往窗外看）什麼都沒看到……（打
開玻璃門朝花園張望）有人沿著階梯跑下來。
（呼喊）是誰在這裡？

（他走出去；聽得見他快步走在露台上；過了半分鐘他跟妮娜‧扎
列奇娜雅一起回來）

妮娜！妮娜！

（妮娜把頭埋在他的胸前，壓抑地大哭）

（他一副感動的模樣）妮娜！妮娜！是您……
是您……我剛好有預感，我的心一整天都揪
得厲害。（拿下她的帽子和披巾）啊，我的好
女孩，我親愛的，終於來了！我們別哭，別
哭。

妮娜　　　　這裡有別人吧。

特列普列夫　沒有人。

妮娜　　　　把門鎖上，不然會有人進來。

特列普列夫　沒有人會進來。

妮娜　　　　我知道，伊琳娜‧尼古拉耶芙娜在這裡。把
門鎖上……

特列普列夫　（用鑰匙鎖上右邊的門，走向左邊的門）這扇門

　　　　　　　　沒有鎖。我用椅子擋住。（*他用椅子擋在門後*）
　　　　　　　　別擔心，沒人會進來。

妮娜　　　　　（*專注地望著他的臉*）讓我看看您。（*環顧四周*）
　　　　　　　　溫暖，舒適⋯⋯這裡以前是客廳。我變了很
　　　　　　　　多嗎？

特列普列夫　　對⋯⋯您變瘦了，還有您的眼睛變大了。妮
　　　　　　　　娜，我現在看到您感覺有點怪。為什麼不讓
　　　　　　　　我去找您？為什麼您到現在都不來我們家作
　　　　　　　　客？我知道您在這裡已經住了幾乎一個禮
　　　　　　　　拜⋯⋯我每天都去找您好幾次，像個乞丐似
　　　　　　　　的站在您的窗外。

妮娜　　　　　我怕您怨恨我。我每晚都作夢，夢到您看著
　　　　　　　　我，卻認不出我來。真希望您知道！從我剛
　　　　　　　　到我就一直過來這裡⋯⋯到湖邊附近。有好
　　　　　　　　多次我到了您的屋子附近，我都不敢進去。
　　　　　　　　我們坐下吧。

　　　　　　　　　　（*兩人坐下*）

　　　　　　　　坐下再來說。這裡真好，溫暖舒適⋯⋯您聽
　　　　　　　　到沒？——是風嗎？屠格涅夫有寫過：「這
　　　　　　　　樣的夜晚，在家的庇護下，人有個溫暖的角
　　　　　　　　落棲身，這樣真好。①」我——是海鷗⋯⋯
　　　　　　　　不，不對。（*揉揉自己的額頭*）我在說什麼？

對……屠格涅夫……「欸，上天會幫助所有無處安身的流浪者啊……」沒什麼。（大哭）

特列普列夫　妮娜，您又來了……妮娜！

妮娜　沒什麼，這讓我輕鬆些……我已經兩年沒哭了。昨晚深夜我跑去花園，看看我們的戲台是否還完好。它到現在還在那裡。我在兩年之後第一次哭，我感到很輕鬆，心情也開朗了許多。您看，我已經不哭了。（挽著他的手）所以，您真的成了作家……您是作家，我是——演員……我們倆都被生活推著往前進……我從前過得很快樂，像孩子似的——我早晨醒來就唱歌，愛戀著您，夢想著榮耀，但現在呢？明天一大早，就要搭火車去葉列茨 ② ，坐三等車廂……跟農民一起坐，而在葉列茨那些受過教育的商人們，會纏著人獻殷勤。生活真是粗俗啊！

特列普列夫　為什麼是去葉列茨？

妮娜　我簽下整個冬季的聘僱合約。該走了。

特列普列夫　妮娜，我罵過您，恨過您，撕掉了您的信件和照片，但是我每分每刻都清楚，我的心始

①此句引自屠格涅夫小說《羅亭》的結尾，描寫羅亭與故人重逢訴說心事後遠離他鄉，最後在一八四八年法國二月革命中為理想犧牲。——俄文版編注與譯注
②葉列茨（Yelets），位於俄羅斯中部的利佩茨克省，當時的外省工商大城。

終依戀著您。不愛您我做不到，妮娜。從我
失去您的那一刻起，從我開始發表作品的時
候，生活對我來說就無法忍受——我感到痛
苦⋯⋯我的青春年代突然間像是被扯斷了，
我覺得我已經在世上活了九十年。我叫喚您，
親吻您走過的土地；無論我看哪裡，我面前
處處都浮現您的臉，您這親切的微笑，照亮
了我生命中最美好的歲月⋯⋯

妮娜　　　　（驚慌失措地）他幹嘛說這個？他幹嘛說這
個？

特列普列夫　我孤單一人，沒有被任何人的愛戀給打動，
我覺得冷，好像在地窖裡一樣，還有，無論
我寫什麼，一律都顯得枯燥、冷酷又陰鬱。
您留下來吧，妮娜，我求求您，不然就請讓
我跟您一起走！

（妮娜迅速穿戴上帽子和披巾）

妮娜，何必呢？看在上帝的份上，妮娜⋯⋯
（他看著她穿好衣服）

（停頓）

妮娜　　　　我的馬車停在小門外。您別送我，我自己會
回去⋯⋯（含淚）給我一點水⋯⋯

特列普列夫	（給她水喝）您現在要去哪？
妮娜	進城。

（停頓）

伊琳娜‧尼古拉耶芙娜在這裡嗎？

特列普列夫	對……星期四舅舅身體不舒服，我們給她拍了電報要她過來。
妮娜	您為什麼要說親吻我走過的土地？應該要打死我。（俯身靠向桌子）我好累！真想休息一下……休息一下！（抬起頭）我——是海鷗……不對。我——是演員。這才對！（聽到阿爾卡金娜和特里戈林的笑聲，仔細聆聽，然後跑向左邊的門，朝鎖孔裡看）他也在這裡……（回到特列普列夫這裡）就是嘛……沒什麼……對……他不相信戲劇，總是嘲笑我的夢想，漸漸地我也不再相信，變得灰心喪氣……這時候就會煩惱愛情、嫉妒，經常擔心小孩子……我變得微不足道、渺小，戲也演得空洞……我不知道雙手該怎麼擺，不懂得舞台上該怎麼站，控制不了說話的語調。感覺得到是自己演得很糟糕的情況，您是不會明白的。我——是海鷗。不，不對……您記得嗎？您打下過一隻海鷗？一個人偶然到來，看見

海鷗，由於沒事做而打死了牠……這是一個短篇小說的題材……不是這個……（*揉揉自己的額頭*）我在說什麼？……我在說演戲。現在我真的不一樣了……我已經是個真正的演員，我演得愉快又興奮，在舞台上我很陶醉，自覺完美。而現在，趁我還住在這裡，我經常出去到處走走，常常邊走邊想，想著想著感覺到，我的精神力量一天天成長茁壯……科斯佳，我現在知道，也了解，我們的事業──無論我們是在舞台上表演或寫作，都一樣──重要的不是榮耀，不是出名，不是我所夢想過的那些東西，而是要能包容。你要能扛起自己的十字架，並且要有信念。我有信念之後，就不那麼痛苦了，當我想到自己的使命，就不再害怕生活了。

特列普列夫　（*悲傷地*）您找到了自己的出路，您知道要往哪裡去，我卻仍舊在夢想和想像的混沌之中奔波，不清楚這是為了什麼，又為了誰而寫。我沒有信念，也不知道我的使命是什麼。

妮娜　（*仔細聆聽*）噓……我要走了。再見。等我當上大明星的時候，您要來看看我。答應我？那麼現在……（*握他的手*）已經很晚了。我快要站不住了……我累壞了，好想吃東西……

特列普列夫	您等等，我給您弄點晚餐……
妮娜	不，不用……您也別送我，我自己會回去……我的馬車就在附近……這是說，她帶他一起來的嗎？怎麼，還不都一樣。您看到特里戈林的時候，什麼都別跟他說……我愛他。我愛他甚至愛得比以前更深了……這是一個短篇小說的題材……我愛，深深地愛，愛到無法自拔。以前那時候真好，科斯佳！您記得嗎？多麼開朗、溫暖、歡樂又純潔的生活啊，多麼有情感——那些情感像是溫柔又別緻的花朵……您記得嗎？（*朗讀*）「人、獅子、鷹、山鶉、長角的鹿、雁、蜘蛛、活在水中靜默的魚、海星，以及那些眼睛無法察覺的——總之，所有的生命，一切的一切，完成了哀戚的演化循環後，消失殆盡。歷經千萬年，大地已經不再孕育絲毫生靈，這個可憐的月亮白白點亮它那盞燈火。草地上已經不再有鶴群熱鬧的啼叫，椴樹林間也聽不見金龜子的嗡嗡聲……」（*一股猛勁地擁抱特列普列夫，隨即往玻璃門跑出去*）
特列普列夫	（*停頓之後*）不好，假如有人在花園裡遇到她，告訴媽媽的話，這會讓媽媽難過……

（接下來的兩分鐘內，他默默地撕掉自己全部的手稿，丟到桌子底
　　下，然後打開右邊的門出去）

多恩　　　　　（設法打開左邊的門）奇怪。門好像上鎖了……
　　　　　　　（走進來，把椅子放回原位）障礙賽跑啊。

（阿爾卡金娜、波琳娜·安德列耶芙娜進場，拿著酒瓶的雅科夫和
　　瑪莎跟在他們後面，之後是沙姆拉耶夫和特里戈林）

阿爾卡金娜　　給伯里斯·阿列克謝耶維奇的紅酒和啤酒放
　　　　　　　到這裡桌上。我們要邊玩邊喝。各位先生，
　　　　　　　就坐吧。

波琳娜·安德列耶芙娜　　（向雅科夫）立刻就上茶吧。（點
　　　　　　　燃蠟燭，坐在牌桌前）

沙姆拉耶夫　　（把特里戈林帶到櫥櫃那邊）看看這個，我剛剛
　　　　　　　說過的……（從櫥櫃裡取出海鷗的標本）這是您
　　　　　　　吩咐訂做的。

特里戈林　　　（看著海鷗）我不記得了！（回想一下）不記
　　　　　　　得了！

（後台右邊傳來一聲槍響；所有人突然顫抖）

阿爾卡金娜　　（驚恐地）這是什麼？

多恩　　　　　沒什麼。這應該是我手提醫藥箱裡有什麼東
　　　　　　　西炸掉了。別擔心。（往右邊的門走出去，半

分鐘後回來）就是這樣。裝乙醚的玻璃瓶炸掉了。（哼唱）「面對妳我再次著迷……」

阿爾卡金娜　（在桌前坐下）呸，嚇我一跳。這讓我想起那件事……（雙手掩面）教人眼前一陣發黑……

多恩　（翻閱雜誌，向特里戈林）兩個月前這裡刊登過一篇文章……是一封美國來的信，我想請問您，順便……（扶著特里戈林的腰，帶到腳燈旁）……因為我對這個問題非常感興趣……（放低音量，輕聲地）把伊琳娜・尼古拉耶芙娜帶走。剛剛其實是康斯坦丁・加弗里洛維奇開槍自殺了……

（落幕）

1892 年契訶夫在梅利荷沃莊園與馬合影。
這年他買下這個莊園一直住到 1899 年,稱為梅利荷
沃時期,他與家人共享鄉居田園生活,此時是契訶夫
一生最安定最幸福的時光,也是創作的轉型邁向成熟
期,重要作品包括小說〈第六病房〉、抒情經典〈帶
閣樓的房子〉、創新劇本《海鷗》,以及確立創作思
想路線的小三部曲〈套中人〉、〈醋栗〉、〈關於愛
情〉等。

飛越時代的《海鷗》

文／台北藝術大學戲劇系副教授 **黃建業**

這不是一隻海鷗，只是一隻野鴨

在戲劇史中，莫斯科藝術劇院重新演出《海鷗》，是重要的寫實主義美學里程碑，此不單成功詮釋契訶夫的這部長篇名作，更展示出丹欽科與斯坦尼斯拉夫斯基於導演創作中，實踐清新動人的寫實主義舞台形式。也因此成就了踏入二十世紀前，戲劇與舞台藝術重大的改革。

在 1895 年 12 月，契訶夫將寫成的《海鷗》手稿寄給丹欽科，丹欽科建議他將《海鷗》拿到小劇院演出，契訶夫則拿出小劇院演員連斯基給他的信，信中寫道：「你知道我對你的天才很崇拜，對你的感情也很深，可是，正因為如此，我才不得不極坦率地對你說。我向你提出最大的忠告是：放棄劇本的寫作吧，這完全不是你本行以內的事。」

後來，契訶夫將劇本寄給彼得堡的蘇沃林，後者答應替他與曾經成功演出《伊凡諾夫》的亞歷山德林斯基劇院接洽演出事宜，並很快敲定演出的行程。

　　這些受過正統皇家劇院技巧訓練的演員，無法表現契訶夫深具生活感的戲劇，契訶夫不斷對導演說道：「演員表演太多啦！……應當簡單而自然，就像在生活裡一樣。」

　　開幕時，當妮娜緩緩唸出那段富於詩意的台詞：「人、獅子、鷹……」觀眾席已經開始發出噓聲，甚至有人抱怨根本不該來看這齣戲，抱怨聲隨著演出越來越大，而劇作家本人就坐在觀眾席裡，後來受不了，便溜到後台散步。戲後，他沒有去慶祝，獨自一人在秋風瑟瑟的涅瓦河畔徘徊……

　　翌晨給蘇沃林留了一張紙條就離開了，最後一句話寫著：「我永遠再也不寫劇本，也不讓這些戲上演。」

　　契訶夫又給丹欽科寫信：「我的《海鷗》在彼得堡第一場就遭到慘敗。劇場裡的空氣充滿敵意，而我呢，遵循物理定律，像炸彈似地飛離了彼得堡。是你和米巴托夫勸我寫劇本的，是你們造的孽。」

　　而此次演出，彼得堡的幾家報紙也發出種種評論：

　　昨日隆重的福利演出，被前所未聞的醜陋蒙上了一層陰影。我們從未見過如此令人暈眩的失敗的劇本。

　　契訶夫的海鷗死了，全體觀眾一致的噓聲殺死了它。

　　這不是一隻海鷗，只是一隻野鴨。

寫實主義的詮釋典範

　　《海鷗》的失敗，很多人認為是因為亞歷山德林斯基劇院對於契訶夫劇本的誤解，尤其是契訶夫本劇在作品前

特別標明「四幕喜劇」，使演員增添完全不必要的做作喜
感，這是《海鷗》遭遇嚴重失敗的主因。在此次演出後，
丹欽科多次寫信給契訶夫，希望允許《海鷗》在剛開始創
辦的莫斯科藝術劇院演出，但契訶夫回絕了，丹欽科又不
死心地寫信道：「如果你拒絕把這齣戲交給我，你會使我
很傷心的，因為我認為當代劇本之中，只有《海鷗》能支
配得動，作為導演的我……」在丹欽科誠摯的請求後，終
於答應，於是《海鷗》獲得逆轉！

　　丹欽科的《文藝‧戲劇與生活》中也提及這次演出盛況：

　　不但是參加《海鷗》的人們中間，就是整個劇場的空
氣，也都裝滿了興奮與騷動。這裡有一個暴風雨迫近了的
感覺。劇場的整個存在與否，全靠著這一齣戲了……

　　幕落下了，劇場發生了每十年才能遇到一次的事情：
幕一閉，台下一片沉靜……這種情調保持了很長的時間，
長得令台上的人決定認為第一幕必定是失敗了……

　　……觀眾席裡忽然發生了一件事情……掌聲從所有觀
眾中間發出來，不分朋友與敵人。

　　在斯坦尼斯拉夫斯基《我的藝術生活》中亦提及：

　　……第一幕完了。場子裡是一陣墳墓般的寂靜……我
們大家都站不直了。帶著失望的痛苦，我開始慢慢走向化
裝室去。忽然間，觀眾席中一陣吼叫，舞台上一片驚慌或
歡快的尖叫……

　　在契訶夫之前，我們知道法國的自然主義戲劇及梅尼

根劇（Saxe-Meiningen company）已經走向自然主義寫實風格，到了 1879 年的易卜生的《傀儡之家》，也看見問題劇打開古典戲劇的封閉視野，而安東自由劇場（Antoine and the Theatre-Libre），也以嶄新的風格，給舞台帶來清新的處理。然而，一直要到《海鷗》，才真正掀起劇作／表演／舞台藝術的總體寫實關係。使得此次《海鷗》的演出，成為戲劇史上重要的寫實典範。而斯坦尼斯拉夫斯基也是從此次演出，引發對舞台導演及表演方法的全新反省和變革。這個從文本到詮釋，相互輝映的作品。它為全球戲劇界帶來超過百年的深遠影響。

　　從《海鷗・導演計畫》一書可以找到相當多對於繁複角色行動的創作力，單以他的開場即可看見，斯坦尼斯拉夫斯基對於寫實細節的處理方式，在《The Great Directors》一書中如此寫道：

　　首先，斯坦尼斯拉夫斯基製造了一個畫面和一種氛圍。在他的場景中，索林家的庭園擁擠、深沉、幽暗。最靠近觀眾的地方，橫越舞台，是兩排座椅，包括了長椅、可供歇腳的樹根、上下搖晃的長板凳，以及右下舞台一把放置在樹幹旁的花園椅。右舞台樹木間有一條路，穿過一座小溪上的橋。左舞台是溫室、更多的樹叢和灌木，以及另一條位於上舞台的小徑。舞台中央，樹叢和向日葵一路從下舞台的座椅向上舞台的小溪延展，上舞台中央是康斯坦丁蓋的舞台。第一幕的一半左右，中間的幕打開，觀眾可以看到後方有一池

湖水和樹林，在月光照耀下，格外美麗。但是開場時，整個庭園看起來像霧中的迷宮，陰暗的夏夜，光線來源只有右下舞台的頂燈和偶爾出現的閃電，空氣中充滿蛙叫、狗吠、鳥鳴、鐘響、醉漢的歌聲，以及遠處的雷鳴。

　　觀眾很容易就會沈浸在這樣的氛圍中，因為一開場斯坦尼斯拉夫斯基就留了十秒的空白，然後又用了幾秒的時間讓敲打釘子的聲音漸漸從上舞台中央進入。當這位沒有出現在台上的工人一邊哼歌一邊悠閒幹活時，梅德維堅科和瑪莎從左舞台散步進場……

　　以上的開場描述，可以了解斯坦尼斯拉夫斯基對於舞台氛圍的寫實化的追求，超過十秒鐘的空台空間，他利用開場，讓觀眾認同整個舞台的真實性，作品演出時，有一名小孩觀眾對媽媽說：「我們是不是可以到上面的花園散步？」

　　無疑，全新的寫實主義是在演出契訶夫的《海鷗》時才誕生的。而契訶夫的劇作就是此種風格最完美的召喚者。

這是為我的生活守喪

　　俄羅斯在十九世紀三〇年代開始工業革命，在《外國歷史大事集》一書中提供了如此的數據：1840 年俄國從國外輸入的機器，價值為 101 萬盧布，到 1850 年已達 268.5 萬盧布。1815 年俄國的工廠為 4189 個，到 1858 年增至 12256 個。工人人數由 1804 年的 22 萬 4882 人增至 1860 年的 85 萬 9950 人，其中雇傭工人占 61.4%。

　　以往農奴／土地的生產模式，逐漸轉型為勞工／工廠的生產模式，農奴解放運動改革不符合統治階層的利益，導致改革十分不徹底。農民的土地問題非但沒有解決，還更加惡化。

　　閱讀契訶夫的《海鷗》到《櫻桃園》等劇本時，都會發現一股抑鬱的悲劇性情調，伴隨詩化的理想主義瀰漫於劇本中。如此戲劇手法，固然與契訶夫自身個性的投射有關，但若我們擴大了解，契訶夫寫作這些作品前的俄羅斯歷史，不難發現，這也是當時時代氛圍的精確寫照。

　　亞歷山大二世農奴解放運動雖然不盡徹底，但至少開啟了一絲自由的風氣；在文化上，俄國文學開啟一頁關注社會現狀、貧富差距、生活細節的現實主義文學風格，出現許多文學巨匠，如：托爾斯泰、杜斯妥也夫斯基、奧斯特洛夫斯基、屠格涅夫等。

　　在俄羅斯文化的黃金時期與白銀時期之間，曾有一個以社會文化為主導的階段，正是在這一階段，俄羅斯歷史和文化出現了悲劇性「癥結」：追求表面的變化、打破傳統、力爭通過革命手段解決那些急迫的問題、知識分子的孤獨心理和空想社會主義、全面闡述十九世紀的各種暴力……

　　1881 年沙皇亞歷山大二世慘遭暗殺後，加上民意黨的挫敗，使得往後十年裡，俄羅斯一直顯得毫無生氣和呆滯。新的沙皇亞歷山大三世用恐怖和壓迫來維持現有的權力地位。如此雖然能使帝俄的經濟和軍事力量穩定地成長，但卻凍結了文化的發展和政治的進步。嚴格的階層區分，管

制教育和輿論，實施強行檢查制度，壓抑人民的創造力，迫害少數民族，認為「傳統的民族觀」是每個人都必須遵守的信條。於是全國瀰漫著沉悶的氣氛，興味低賤，上層階級與中產階級的人的生活變得十分單調呆板。

　　契訶夫正是在如此時代氛圍中成長，本來一開始撰寫嬉笑怒罵短篇小說的契訶夫，到最後創作出大時代轉變前夕的《海鷗》等劇，無可否認是他對於時代現實的逐步的了解。1890 年 4 月，契訶夫遠赴庫頁島，觀察遭流放的苦役刑犯，寫出一系列的近乎傳記文學色彩的報導，1892 年的《在流放中》，以及 1893、1894 年的《庫頁島旅行記》，都是對社會面貌鮮明而尖銳的觀察。1892 年，他目睹周邊省份的飢荒，熱切參與救災活動，也目睹低下階層的痛苦，又於 1892~1893 年間，參與治療霍亂疫情的工作，深深體驗俄羅斯疫情災變下人民的慘狀。他在 1897 年，又參加人口普查工作，充分了解社會結構與貧富差距。1898 年，契訶夫支持法國作家左拉為猶太裔軍官德萊弗斯的辯護，他甚至因此疏遠一直與其友好的蘇沃林。1902 年，由於沙皇取消高爾基的科學院名譽院士資格，他與柯羅連科共同辭去科學院名譽院士的稱號。在 1905 年的第一聲革命槍響前，契訶夫已然了解，社會變動是不可避免的俄羅斯命運。

　　從《現代俄國文學史》一書中，談到契訶夫人物的平庸與欠缺掙扎能力的時候，如此寫道：

　　憂鬱的人是環境所造成的，他受到環境影響，可是無

力或是無心奮抗。事實上，憂鬱的人才是契訶夫筆下主要
人物……普希金所寫的奧涅金，屠格涅夫的羅亭，岡察洛
夫的奧勃洛莫夫。可是沒有一個像契訶夫筆下人物那麼憂
鬱沮喪……他們都是疏懶成性，樣樣事弄得一團糟，意志
薄弱，行為放蕩。憂鬱的人是受過教育的人士裡才有，而
且大都屬於知識分子……

　　此時作為知識分子的契訶夫，彷彿與他劇中人物一樣，
產生時代的感嘆。如果忽視這些埋怨命運，無法掙扎的平
庸人物，就很難了解契訶夫在劇本與小說創作間所要表達
的時代侷限性。

　　正如同《海鷗》開場，瑪莎說：

　　這是為我的生活守喪，我很不幸。

　　時代的憂鬱獲得了完全的回響。

「海鷗死櫻桃園毀！喜從何來？」

　　契訶夫特別將《海鷗》及《櫻桃園》兩個劇本標明為
四幕喜劇。正由於原劇作家開宗明義在劇本定位其戲劇類
型，使得之後面對這兩個劇本的讀者群，都不得不審慎思
考契訶夫「喜劇」的定義。在莫斯科藝術劇院詮釋這兩個
劇本時，斯坦尼斯拉夫斯基也出現了相同的疑慮。演出後，
契訶夫特別表明：「我這個劇不是正劇（drama）而是喜劇，
有些地方甚至是鬧劇。」由於演員詮釋有過濃郁的悲劇氣
氛，契訶夫覺得相當不滿地表示：

　　我只是想開誠布公地對人說，「看看你們自己吧，你們生活得多麼糟糕，多麼無聊。」最主要的，是要人們懂得這一點，因為當他們懂得這一點後，必然就會為自己創造出另一種比較好的生活。

　　直到後來，斯坦尼斯拉夫斯基反覆研究他的作品，才逐步了解該劇的喜劇特質。

　　黃美序教授曾經撰寫一篇有關此一問題的論文，題目命名為「海鷗死櫻桃園毀！喜從何來？」這篇文章試圖從不同角度來理解此二劇作的喜劇定位問題。

　　從題目來說，《海鷗》與《櫻桃園》兩個劇本之題目，都不是以人名或角色來命題。正由於此，更突顯了兩個劇名的象徵性意義。在此二劇本最後；海鷗的死亡，也包括康斯坦丁的死亡；櫻桃園的摧毀，也包括麗波夫一家的離散；是相當鮮明具有高度悲劇性的結局。故此，從此題目的象徵意義觀察，很難將其認同為喜劇。事實上，海鷗或者櫻桃園，這兩個象徵，都是從劇本的進行中逐步邁向毀滅，在時代中逐漸消逝與死亡，幾乎也等於是兩個劇本的悲劇性結論。

　　1898 年《海鷗》於莫斯科藝術劇院上演，契訶夫曾經描述這個劇本是「大大地違反了劇場規範的喜劇。」劇本中有「很多關於文學的談論，極少的行動。有五噸的愛。」

　　從以上論述可知，契訶夫事實上期待創作出一種別於傳統悲劇喜劇的作品。這能看見契訶夫對於現代戲劇突破

類型界線的大膽嘗試。

契訶夫於《櫻桃園》及《海鷗》裡，正在以悲劇手法跟喜劇手法的碰撞，企圖用瑣碎平淡的生活細節，在劇本的悲劇情調主脈絡外，為各個角色塑造喜感的距離，讓觀眾不致陷於濃烈的悲劇氣氛。

若從契訶夫的早期小說中，那些輕鬆逗趣甚至挖苦的人物形象思考，這種喜劇手法的發展，其來有自，他的小說作品，如：《胖子與瘦子》、《一個小官員之死》、《變色龍》及短劇《求婚》、《蠢貨》、《婚禮》、《論菸草有害》，這些作品，都具有明顯的喜鬧劇元素。更不該忘記契訶夫獨幕劇《婚禮》，它強調一種喜劇的怪誕。而從俄羅斯傳統戲劇前輩奧斯特洛夫斯基的劇作中也可以看見這樣的脈絡，契訶夫亦深受其作品之影響。

契訶夫死後二十五年，丹欽科才承認他們不了解契訶夫的寫實是徘徊在象徵邊緣。

《俄國文學史上卷》也如此寫道：

柯羅連科曾精闢地指出，在契洪特（契訶夫筆名）的優秀作品裡，除了無憂無慮的歡樂和愉快之外，還有著「沉思、抒情，以及契訶夫所特有的那種透過滑稽笑料流露出來的憂鬱音調」。高爾基也很重視契洪特的幽默傑作。他說：「只要認真讀一讀這些『幽默』小說，你就會確信，在那些可笑話語和情景的背後，作家難過地看到並羞怯地隱藏了許多殘酷可惡的東西。」

契訶夫的前衛精神

文／作家、東華大學英美語文學系教授 **郭強生**

　　契訶夫（Anton Chekhov, 1860-1904）的劇作中，我最喜歡的是《海鷗》，其次是《凡尼亞舅舅》。而這兩部作品分別完成於一八九五與一八九六，也就是說，是在與莫斯科藝術劇院的導演斯坦尼斯拉夫斯基（Konstantin S. Stanislavsky）開始合作之前。然而，《海鷗》一八九六年在聖彼得堡首演時曾遭觀眾噓聲四起，讓契訶夫心灰意冷，一度揚言不再創作戲劇。但是因為斯坦尼斯拉夫斯基在一八九八年重新導演了《海鷗》，在莫斯科藝術劇院上演大獲成功，甚至被稱為莫斯科藝術劇院有史以來最成功的演出，接下來才又促生了契訶夫與斯坦尼斯拉夫斯基的攜手，推出了讓兩人名聲達到顛峰的《三姐妹》與《櫻桃園》……

　　真正是因為《三姐妹》與《櫻桃園》的劇本更勝過《海鷗》與《凡尼亞舅舅》嗎？我不以為然。

　　當然我們或許可以說，如果不是因為斯坦尼斯拉夫斯

基，契訶夫在戲劇上蓋世的才華也許不會這麼快受到重視，但是這讓很多人因此會誤以為，劇場導演才是真正讓戲劇有了生命的靈魂人物。斯坦尼斯拉夫斯基真正了解契訶夫嗎？當契訶夫說，《櫻桃園》是一齣喜劇時，斯坦尼斯拉夫斯基堅持那是一齣悲劇，這個公案至今仍讓許多劇場人爭論不休。做為導演，斯坦尼斯拉夫斯基顯然必須尋求一個可以讓他有所發揮表現的劇本素材，好讓他能建立起他招牌的「斯坦尼斯拉夫斯基式表演訓練法」與「心理式寫實主義」。然而，契訶夫的《海鷗》不僅不能只以「心理寫實主義」視之，甚至它已直指出半世紀後，後現代主義中解構、互文、去中心的種種特質，絕對遠遠超過它的時代，這些容我後續再討論。我首先想要指出的是，導演斯坦尼斯拉夫斯基某種程度而言，的確算是救了契訶夫的「劇場事業」，但在另一方面，卻讓契訶夫被他標榜的「心理寫實主義」所綁架，契訶夫的「戲劇實驗精神」至今恐怕還有許多人並不了解。

　　我會更喜歡《海鷗》與《凡尼亞舅舅》的原因也就在此，因為我明顯看出這兩齣尚未受到斯坦尼斯拉夫斯基影響前的作品與之後有所不同。契訶夫在寫完《海鷗》後，健康急遽惡化，這也或許是他願意繼續與斯坦尼斯拉夫斯基合作的原因之一，至少這可以保證他的劇作在有生之年能夠成功登上舞台。再者，契訶夫在一九〇一年娶了女演員奧爾佳・克妮珀（Olga Knipper），她於是成為契訶夫

作品的當然女主角。為了力捧妻子，《三姐妹》幾乎是為奧爾佳量身打造。妻子因而演藝事業如日中天，但與契訶夫的婚姻不可避免地總是聚少離多。這讓人難免有一點要為契訶夫感到欷歔。

　　從他與奧爾佳遠距離愛情的通訊中可以看出，他對導演對他作品的詮釋有諸多的不滿，但契訶夫在藝術上還是做了一點妥協。因為他明白，在他的時代，眾人的水準還是跳不出寫實主義式的理解，在《海鷗》劇本中藉康斯坦丁之口，契訶夫甚至已明白提出批判。但是契訶夫究竟還是契訶夫，等到他寫《櫻桃園》時，他在劇場導演與觀眾能夠接受的寫實主義「外貌」之下，實際上在發展他的象徵主義與荒謬主義。劇中人物在日常生活瑣碎的行禮如儀中，各說各話與雞同鴨講充滿荒謬感，契訶夫謂之「喜劇」絕對有他的道理。而這些特質，在《海鷗》中已經呼之欲出，但是若不脫下「心理寫實主義」的有色眼鏡，是難以窺其精髓的。

§

　　沒有錄影存檔，我們不知道斯坦尼斯拉夫斯基在一八九八年製作的《海鷗》中，究竟設計了哪些讓觀眾比較能了解劇中「潛台詞」的手法。「潛台詞」，意在言外，這對十九世紀末的觀眾來說還是個新鮮事，而斯坦尼斯拉

夫斯基對「潛台詞」意在言外的了解，仍建立在比較狹隘的心理分析上。雖說這也是一種詮釋，但是我以為，契訶夫這個劇作最成功的「實驗」，是在於他的潛台詞事實上已在探索劇場中解構與互文的可能。

　　此劇中的互文與解構是從人物關係與主題兩方面同時進展的。幕啟，第一句台詞是鄉下教員問瑪莎：「為什麼您總是穿黑衣服？」瑪莎回答：「這是為我的生活守喪。」鄉下教員不解，認為她衣食無缺，瑪莎說問題不在錢，然後便冒出一句「戲要開演了。」接下來便是一齣劇中劇登場。這樣一分鐘不到的開場白，由瑪莎這個配／邊緣角色說出，竟是全劇最重要的線索（潛台詞）。《海鷗》的情節雖在描述追求藝術與愛情時的兩難，事實上，契訶夫更大的關切是人際關係的崩解、一個符號系統的失靈。劇中劇登場，讓人立刻聯想到《哈姆雷特》。為了讓名伶母親阿爾卡金娜能對自己刮目相看，年輕藝術家康斯坦丁搭起了一座小舞台上演他的劇作，女主角當然是他心儀已久的妮娜。果然，母子二人在開演前便交換了兩句《哈姆雷特》中的台詞，互文之意再明顯不過。然而不同於《哈姆雷特》的是，這齣戲不僅沒有讓母親良心不安，反而是自取其辱。

　　表面上所有的角色都圍繞著母親，那位驕矜自私又小氣的紅伶母親身上，但是瑪莎、妮娜與阿爾卡金娜某種程度上也是彼此的互文。嚴格說來，康斯坦丁的自殺雖是全劇最震撼的結局，但這齣劇可謂是「眾聲喧嘩」，沒有哪

一個角色是真正的核心角色，他們彼此牽動，也互相指涉。
或許可以從這三個女性角色的人生如何扭絞，如何在爭取
一種文本中的位置中，我們可以重新探討劇作家已在掙脫
所謂寫實主義的企圖，而在邁向類似文本解構的自覺。

　　這也就是為什麼，這齣戲一開頭便由瑪莎宣告，「戲
要開始了！」從解構主義的角度來看，這齣即將開演的
「戲」，既是康斯坦丁的失敗作，也是《海鷗》本身，更
是三個女人的人生「創作」。阿爾卡金娜本就是一個活在
戲／文本中的人，虛虛實實，常真戲假作亦愛假戲真作。
妮娜是阿爾卡金娜的年輕版，相對於後者的謊言連篇，她
過度單純，以為凡被創作出來的東西都有其光芒與價值，
一步步走入別人擺布的人生而不自知。而酗酒又吸毒的管
家女兒瑪莎，是個自我戲劇化的角色，她暗戀康斯坦丁，
把自己的人生搞得痛苦不堪，而明明她又是這三人中最冷
眼旁觀的清醒角色，總會看似天外飛來一筆插上一句，「當
人們沒什麼好說的時候，總是說青春哪、青春哪……」「等
我結了婚，就顧不了愛情了……」一針見血，好似對於所
有角色所下的後設評注。她要求阿爾卡金娜的情人，小說
家特里戈林在送她的書中如下題款：「給身世不明、不曉
得為什麼活在這世上的瑪麗亞……」她為自己塑造出這樣
一個悲劇腳本，某方面來說，這也是另外兩個女性同樣的
命運，只是自覺與不自覺的差別。

§

　　瑪莎希望得到小說家贈書，並按照她意思寫下的題款；另一方面，愛上小說家的妮娜，在送給對方的墜子上刻的竟是小說家的某本書名：《日日夜夜》。一本書，一個文本，在劇中始終彷彿是另一個看不見的角色，隱隱推動著角色的行為與自我觀看（解構）。

　　全劇最明顯也最成功的互文與解構設計，便是接下來「海鷗」這個角色了。它是一個象徵，但同時它也是一個充滿歧義的文本。康斯坦丁、特里戈林、還有妮娜都掉進了這個互文的糾結中。

　　一隻海鷗、三種表述構成的張力，是契訶夫非常成功的戲劇實驗。先是康斯坦丁槍殺了一隻海鷗，丟到妮娜腳前。他企圖殺掉的，是那個一直在傷害他的母親？他自己？還是他得不到的愛情？特里戈林看見，立刻取出小本子記下這個題材靈感：「有一位年輕女孩從小住在湖岸邊，就像您這副模樣：她像海鷗一樣愛這湖水，也像海鷗一樣幸福又自由。但偶然間來了一個人，看見她，因為沒事做而害死了她……」沒事做而殺了一隻海鷗的人，既可指涉康斯坦丁，也是後來拋棄了妮娜母子的特里戈林。妮娜愛得無怨無悔，日後總在給康斯坦丁的信中署名「海鷗」，直到二人重逢，妮娜明顯改變，不再稱自己是海鷗，而說自己現在就只是一個忠於自己工作的女演員。兩個都曾經胸

懷大志的文青，如今一個在現實的磨難下甘於了平凡，另一個則出場後舉槍自盡。管家端出了特里戈林曾要求他製做的海鷗標本，小說家卻說不記得有過此事。

劇終時，除了醫生外，一屋子的人包括母親阿爾卡金娜，都在牌桌上玩得不亦樂乎，醫生悄悄把小說家拉到一邊，特里戈林成了屋內唯一另一個知道康斯坦丁自殺的人。從槍殺海鷗到自殺，從小說家的靈感到自我認同的毀滅，海鷗這個「象徵」不同於傳統文學中常見的統一貫穿元素，它成了一直在迴旋的符號，讓這些人物的關係以及主題的辯證上，反覆地建立又反覆地被顛覆。

這三個角色從這個符號發展出大相逕庭的詮釋，最後我們發現，海鷗既不幸福也不自由，它也許更是醜陋的殘酷的真相化身。最後真相猶如標本，沒人記得或在乎。而幾年前在院中搭建起的那座小舞台，如今也已腐朽，「像死人骨架似的」。

§

契訶夫藉著這樣的交織手法，一方面凸顯了人生的無常，一方面也避免了讓整齣戲流於感傷以致減弱了可供深思的餘韻。

事實上，這齣劇有許多的安排是引人發噱的，例如阿爾卡金娜為挽回特里戈林時的賣力演出，賞下人一盧布小

費還再三強調是三人平分的；瑪莎不時掏出鼻菸吸上兩口，刻意穿著黑衣讓自己看來悲慘；多恩醫生在管家之妻對他窮追不捨與瑪莎向他表露對康斯坦丁愛得不可自拔後的反應是「怎麼全都神經兮兮的，都在談戀愛……」悲劇與喜劇是一體的兩面，不該是兩種涇渭分明的劇型，這在十九世紀末的劇場也是一大突破，無怪乎斯坦尼斯拉夫斯基越說《櫻桃園》悲劇，契訶夫越要說它是喜劇，這種悲喜劇的特質，在《海鷗》早已見端倪。

劇作家之妻曾在通信中問「生活是什麼？」契訶夫回答：「妳這個問題就好似問我，紅蘿蔔是什麼？紅蘿蔔就是紅蘿蔔，沒什麼好解釋的。」劇作家並非逃避這個問題或故意耍白目，與妻子聚少離多又重病纏身中的他，對生命與生活仍抱著如此樂觀與開放的態度，不以簡單的標籤口號給生活一個簡單的定論，這與當時俄國文化界的虛無主義當道完全不同。同樣的，契訶夫的劇作也無法以寫實主義、悲劇還是喜劇來下註腳，他寫的就是生活。

隨著自己年紀的增長，每次重讀契訶夫的劇本都讓我越發讚嘆。懂得技巧的藝術家很多，真正讓人感動的，其實很少。契訶夫與二十世紀後喜歡擁抱主義標籤的藝術家們是多麼的不同啊！

《海鷗》飛翔的理由，最初與最後

文／台北藝術節藝術總監 **耿一偉**

> 「活生生的人物！要描寫生活，可不是要照它原
> 本的模樣，也不是要照它應該的樣子，而是要照
> 它在夢想中呈現的那樣。」
>
> ——特列普列夫，《海鷗》第一幕

《海鷗》首演為何失敗

一八九六年十月十七日，契訶夫的《海鷗》在聖彼得堡的亞歷山德林斯基劇院首演，這齣戲卻遭受失敗，但失敗的原因為何，其實更值得關注。後來一九三八年出版由巴羅哈蒂（S. D. Balukhaty）主編的《「海鷗」執導計畫》（The Seagull Produced by Stanislavsky，英國知名俄文譯者馬加沙克 [David Magarshack] 於 1952 年譯成英文），將這齣戲從聖彼得堡首演到兩年後斯坦尼斯拉夫斯基執導的製作過程，給予詳細說明，並收錄斯坦尼斯拉夫斯基版的導演版劇本，讓我們能一探《海鷗》一開始的命運。

　　草率是致命的主因。當年聖彼得堡首演的排練時間，前後加起來只有九天。對後人來說，九天要排一齣契訶夫的戲，根本就是不可能的事。演員與導演們在排練《海鷗》時，碰到了極大的困難，顯示他們無法了解這個劇本。契訶夫參與了第四次排練，他的說法是：「他們表演得很多⋯⋯我希望表演的成分能少一些。」亞歷山德林斯基劇院所代表的表演方式與製作制度，恰好也是契訶夫在《海鷗》劇本中所極力批判的舊劇場風格，缺少寫實主義的細節與生活的簡樸，習慣用程式化的刻板演出。契訶夫對演員解釋台詞意涵時，總會先說：「親愛的，主要是要演得簡單，不要帶戲劇腔⋯⋯就很簡單地⋯⋯」可惜，契訶夫的要求，對舊時代的演員來說，根本難以理解與體會，等到斯坦尼斯拉夫斯基找到新的表演與執導手法後，《海鷗》才能首度展翅。

　　首演的舞台狀況也很糟糕，劇院行政不願意花錢為《海鷗》製作新布景，所以都是用其他演出的舊布景拼湊而成的。契訶夫對這些布景本身也不甚滿意，覺得景片的畫風都太華麗與奢華，不能呈現劇中應有的簡單日常生活場景。

　　首演當天的觀眾狀況也很不利，原本演出是要慶祝喜劇女演員列夫凱耶娃（Elizaveta Levkeeva）的登台二十五周年。所以大批粉絲都以為這是一齣為她量身訂作的喜劇，但她最後沒有參與此劇的演出，當天她則在另一劇院登台。所以有些觀眾以為這是齣喜劇，不斷發笑，有些觀

眾則不滿沒看到心儀的演員，開始發出噓聲。總之，觀眾
沒能將注意力擺在最重要的台詞上，到了第三幕演出時，
觀眾席一片混亂。飾演妮娜的科米薩爾日芙斯卡雅（Vera
Komissarzhevskaya），契訶夫在排練時對她的表演給予高
度讚許，卻也因為台下憤怒的觀眾，嚇到說不出台詞。

　　在表演、舞台設計與觀眾都沒有適當的準備下，《海
鷗》的首演失敗是必然的結果。

兩年後《海鷗》的莫斯科版本為何成功

　　聖彼得堡的失敗，讓契訶大心存芥蒂，不願讓《海
鷗》重演。但在莫斯科藝術劇院的創立者之一的丹欽科
（Vladimir I. Nemirovich-Danchenko）不斷遊說下，契訶
大終於在一八九八年五月底，答應讓剛成立的莫斯科藝術
劇院演出，導演則是莫斯科藝術劇院另一位共同創立者
斯坦尼斯拉夫斯基（Konstantin S. Stanislavsky），首演是
一八九八年十二月二十九號。兩年後的《海鷗》之所以能
成功，自然也將聖彼得堡首演的缺陷給逆轉過來。這一切
都奠基在一批熱情有天分的演員與導演，精心設計的舞台，
還有對演出充滿期待的觀眾。

　　導演部分，斯坦尼斯拉夫斯基在一個月內，便將導演
腳本設計出來。他說：「我在導演腳本裡規定了一切：怎
樣演與在哪裡演；應該怎樣理解每個角色和劇作家的舞台
說明，應該用哪一種聲調說話，應該怎樣動作……還為不

同的動作設計附上草圖：入場、退場等等。關於布景、服裝、
化妝、表情、步態、人物的態度與習慣等等，都有詳盡的
描寫。」

　　奇妙的是，原本斯坦尼斯拉夫斯基並不太了解這個
劇本，但靠著自己的直覺與想像，在還沒有與演員工作的
情況下，他獨自完成這個導演計畫，並根據這個計畫進行
排練。這齣戲從八月初開始排練，共進行了二十六次。
其中丹欽科指導了十五次，斯坦尼斯拉夫斯基排練了九
次，另外兩次則由同是劇團導演兼演員的魯日斯基（V. V.
Luzhsky）負責，總排練時間共八十小時，彩排則有三次。

　　舞台設計特別受到重視，斯坦尼斯拉夫斯基強調視
覺風格必須與劇本風格一致。這齣戲由西默夫（Viktor
Simov）進行設計，要求花園、房屋與小湖等布景都力求寫
實，希望能讓觀眾感受到一個中等地主的日常生活環境。
西莫夫認為契訶夫「只是暗示性地勾勒幾筆，就把服裝、
布景等清晰描繪出來。因此在布景方面，似乎也必須探索
與使用同樣的手法，才能使布景與全劇的調子完全協調起
來。」

　　在演員方面，參與演出的並非是經驗老道的演員，主
要是來自丹欽科在莫斯科音樂學會附屬音樂戲劇學校（The
Musical-Drama School of the Moscow Philharmonic Society）
的戲劇科所教過的學生，還有斯坦尼斯拉夫斯基自
己劇團的演員。卡司包括了飾演妮娜的羅克莎諾娃

（Maria Roksanova），扮演阿爾卡金娜的克妮珀（Olga Knipper），後來也成為重要導演的梅耶荷德（Vsevolod V. Meyerhold）則飾演特列普列夫，甚至連斯坦尼斯拉夫斯基也親自披掛上陣。

　　對於選角的考量，丹欽科在給契訶夫的信中解釋：「首先，這個劇本曾交給著名的演員來演，可是他們把這齣戲演成功了嗎？……我寧願要那些年輕與在表演藝術上很新穎的演員，而不要那些很有經驗與非常熟悉老一套的演員……一般所謂有經驗的演員，一定是一個具有某種公式的演員（你可以說他的公式是卓越的），這種演員要比起一個還沒被劇場程式帶壞的演員，更難演好一個對觀眾來說是新穎的角色……這整齣戲中只有一個需要豐富的舞台經驗與從容不迫的表演，那就是多恩。所以這是我把這個角色分配給斯坦尼斯拉夫斯基，讓這樣一位極好的表演專家來演的原因。」

　　斯坦尼斯拉夫斯基在執導上，有四大特點，讓《海鷗》得以首度振翅高飛。首先是他非常注重對道具的使用，這些道具讓演員在表演時，可以將很多角色心理的細微變化，轉化觀眾可見的演出細節，而且角色跟道具的互動，也產生潛台詞的作用。這些手法，包括在需要角色大聲說出台詞的地方，則用道具來讓演員減速，使台詞聽起來像是普通人說話一樣，比如特列普列夫在對索林說：「如果扎列奇娜雅遲到，那這一切的戲劇效果就完了。」（本書頁

25），導演則設計他要同時彎下腰拿起索林的菸來點自己的菸。另外有些道具，也同時用來代表角色的性格，比如第一幕一開場時，讓小學老師梅德維堅科是拿著棍子與瑪莎一同入場，顯示了他跟教學的關係。

　　第二個特點是導演很重視演員的肢體特徵，尤其是多樣而特定的習慣小動作。這些都是斯坦尼斯拉夫斯基透過劇本分析與結合想像力推敲出來的，像梅德維堅科是整齣戲都拚命抽菸，索林則經常笑得很大聲等等。這些小動作又往往與台詞結合，以取得充滿日常生活細節的真實感。

　　第三是對停頓的大量使用。斯坦尼斯拉夫斯基留意到原劇本已存在對停頓的強調，他理解到停頓對節奏的重要性，擴大設計出原本劇本不存在的停頓點。他在這些停頓中，加入大量的動作細節或與道具的互動，讓觀眾將注意力放在日常生活的細節場面，這些停頓讓對話的表現變得更多樣，並預告接下來場景將出現的情緒轉變。

　　最後一項也是富有現代導演色彩特色的，是對聲響與燈光的運用。這包括了運用道具產生的實際聲響，如盤子碰撞的聲音或是馬車鈴聲。另外也有因為台詞提到而刻意搭配製造的音效，像第一幕對話中提到晚上狗會吠的事等等。實際上，從契訶夫十八歲寫的第一部長篇劇本《普拉東諾夫》（Platonov）到最後的《櫻桃園》，細心的讀者都可以發現，契訶夫的劇本充滿了對聲響的各種運用與暗示。燈光部分，導演相當重視每一幕開場時的燈光效果，藉以

創造出一種符合場景主題與時空的寫實色調。

　　莫斯科藝術劇院於一八九八年十月十四日開幕,首演作品是擅長歷史題材的作家亞歷克謝‧托爾斯泰(Aleksey K. Tolstoy)的一八六八年舊作《沙皇費奧多爾》(Tsar Fyodor Ioannovich)。這齣戲大獲成功,引發諸多討論,後果是莫斯科的觀眾們,開始對這個新成立的劇場充滿期待。由於《沙皇費奧多爾》是歷史劇,尚不能完全展現新的劇場風格,而接下來在莫斯科藝術劇院演出的,又都是外國作品如德國劇作家霍普特曼(Gerhart Hauptmann)的《沉鐘》(The Sunken Bell)、莎士比亞的《威尼斯商人》、奧地利劇作家馬蒂伊(Emilia Matthai)的《葛雷塔的幸福》(Greta's Happiness)、法國劇作家哥爾多尼(Carlo Goldoni)的《女店主》(The Mistress of the Inn)等。所以觀眾在經歷一堆國外劇目的演出後,對《海鷗》這個可被視為當年俄羅斯新文本的作品,其兩個月後的再度重演是否能成功,自然充滿期待。在此,我們也可以看到,莫斯科藝術劇院不僅在製作與演出,連節目安排也充滿現代劇院的經營精神,對劇目的選擇與檔期規劃,有著整體布局的考量。

契訶夫為何一開始不喜歡斯坦尼斯拉夫斯基的版本

　　契訶夫並沒有機會欣賞到在莫斯科的首演,當時他在克里米亞半島的雅爾達度假。但透過丹欽科的電報與長信,

契訶夫還是對莫斯科演出的盛況，有一定掌握。到隔年四月初契訶夫回到莫斯科後，當時劇院演出季已結束，最後只好於五月一日在另一家名為「樂園」（Paradiz）的私人劇院租了一晚，特別為他演出《海鷗》。

在《海鷗》飾演阿爾卡金娜的克妮珀，後來嫁給了契訶夫。她在回憶錄裡描述了當初的演出狀況：「這個劇場沒有暖氣設備，布景也不是我們自己的，之前我們演戲什麼都是『我們自己的』，一切都是新的，得心應手的，可是現在這個劇場的環境，讓我們感到很不習慣。」

在沒有前面提到的各種舞台美術的支持，加上演員至少一個多月沒演戲的生疏狀況，將在契訶夫眼前呈現的，根本已不是半年前大受歡迎的《海鷗》。畢竟，劇場演出不同於劇本閱讀，演員狀態稍有差池或是任何舞台細節的變化，都可以讓同一齣戲在不同天，給觀眾帶來完全不同感受。契訶夫第一次看完《海鷗》後，會有失望是必然的。克妮珀回憶說，契訶夫看完後走到舞台，「他十分堅決地說，演得挺好。但是『我請求把我的劇本演到第三幕為止，第四幕我不允許演……』，他對許多地方都不贊成，特別是不贊成演出的速度……」

即便如此，做為劇作家的契訶夫，總體上還是滿意與莫斯科藝術劇院的合作，否則不會有下一檔戲的出現。克妮珀補充道：「《海鷗》劇組與全體人員和作者合拍了一張集體照，契訶夫坐在中間，似乎在唸劇本。我們已經在

議論下一個戲劇季演出《凡尼亞舅舅》。」

《海鷗》如今飛得有多高多遠

在莫斯科首演成功後，契訶夫的《海鷗》很快就有了各國譯本與演出。首先是一九○二年在巴黎安端劇院（Théâtre Antoine）首度演出《海鷗》片段，德國則於一九○九年於柏林的黑貝爾劇院（Hebbel Theatre）演出，格拉斯哥定目劇院（Glasgow Repertory Theatre）在一九○九年也進行了英國首演，美國在一九一六年於紐約由華盛頓廣場劇團（Washington Square Players）演出《海鷗》。

美國塔夫斯大學（Tufts University）的俄國戲劇學者勞倫斯·塞納里克（Lawrence Senelick）的《契訶夫劇場：一個世紀以來的劇本演出狀況》（The Chekhov Theatre: A Century of the Plays in Performance），是一本非常好的參考書，在當年沒有網路協助下，還能把契訶夫的劇本在一個世紀以來，於全球包括亞洲的演出情況（資料至一九九五年），首度嘗試進行了相當全面化的描述，讓我們對契訶夫對各國現代劇場發展的影響，有了一定掌握。

如今契訶夫已是與莎士比亞齊名的世界級人物，是全世界各大劇院或劇團經常會選擇演出的劇作家。只要這個世界還有戲劇活動存在，劇院在城市的重要廣場或都市計畫發展還占據一席之地，契訶夫的劇本演出就不會消失，如同兩千年前的希臘悲劇如今依舊在倫敦或東京上演一

樣。

　　不過，要為過去這一百二十年來《海鷗》的飛行狀況，進行詳細的爬梳，並非本導論所能及。這已是需要一本專著去完成的龐大工作。在此能補充的，是點出當今劇場界對《海鷗》在製作上，有別一個世紀前的一些新方向。

　　首先是考慮到不同時代與空間的對話可能性的新譯本，頗流行由當代劇作家本人翻譯（或參與翻譯團隊），賦予《海鷗》的新活力。包括英國新文本劇作家馬丁·昆普（Martin Crimp）或德國當紅劇作家福克·李希特（Falk Richter）都有自己版本的《海鷗》譯本。

　　第二是對《海鷗》到底是喜劇還是悲劇有諸多爭議，但在演出上來說，通常的狀況還是認為契訶夫的劇本，無法像莎士比亞一樣可以有更多前衛激進的詮釋。這部分原因當然是劇本本身去情節化的抒情鬆散結構，已限制了演出的大方向。但即使如此，不同導演還是可以因為對《海鷗》重點到底為何，有不同解讀，而依舊千差萬別的演出版本，而且脫離原劇本的寫實風格。舉例來說，德國導演歐斯特麥耶（Thomas Ostermerier）在荷蘭阿姆斯特丹劇團（Toneelgroep Amsterdam）執導的《海鷗》（2013），著重在不同世代藝術家對藝術與名聲的看法衝突上，演出在一個空台進行，背後是紙做的大幕，法國藝術家凱瑟琳·齊姆克（Katharina Ziemke）同時在幕後畫一幅風景畫。知名立陶宛導演科爾蘇諾瓦斯（Oskar Koršunovas）執導的

《海鷗》，則讓戲劇本身成為重點，演出在類似排練室的空間進行，透過強烈的親密感，將觀眾拉近主要角色對劇場的熱情裡。

　　《海鷗》刺激了一代代劇場創作者不同的想像力，如同當年莫斯科的首演，激發寫實主義的劇場風格。而如今，《海鷗》依舊自由地飛翔著，就像劇本裡說的：「需要新的形式。新形式是有需要的，如果沒有，那不如什麼都不要。」（本書頁 27）

契訶夫與演員阿爾久姆（A. R. Artem, 1842-1914）
合影，1899 年。

他是莫斯科藝術劇院的創始團員，也是契訶夫最愛的
演員，在 1898 年《海鷗》中演出沙姆拉耶夫，契訶
夫最後一齣戲《櫻桃園》特別為他安排了老僕人菲爾
斯一角。阿爾久姆本行是書法老師，中年才加入劇團
演戲，從不拒絕演小角色。契訶夫讚賞他有舞台魅
力，樸實又真誠。

我看見三隻海鷗——翻譯契訶夫的《海鷗》

文／丘光

契訶夫的《海鷗》在某個年代大概是許多文藝青年的初戀，裡面有激情理想與冷酷現實的擂台，也像是一座由夢想花園和現實泥濘所交疊的迷宮，身在其中讓人想急於解決人生課題，卻往往找不到標準答案，實在很能夠消磨年輕時候的盛氣。

從普通讀者到譯者之間，往往有一大段路，因為翻譯是最深刻的閱讀，需要慢慢咀嚼消化文本中的每一個細節。這幾年當我想要翻譯更多的契訶夫，就越是覺得自己了解的契訶夫總好像缺了什麼。契訶夫的創作與生活息息相關，因此他的筆記、書信、同時代人談及他的文章與談話等，都必須揀選來讀。這是負擔，也是迷人的準備作業，尤其他的書信非常有意思，讓我得以看見更寬廣的契訶夫世界。

《海鷗》從各層面來看，都可以說是進入契訶夫核心的一部重要作品，一、它是最具個人生活色彩的作品，反映了作家自己與同時代人的社會情況和心理樣貌，二、傳

達了豐富的創作心路歷程，劇中主角有四位半是作家和演員，用多聲複調來傳達文藝工作者的世界觀，三、同時提問了創作的困境以及尋求出路的渴求——這些都是我想要新譯《海鷗》的原因。此外，更主要的是，反覆閱讀《海鷗》感覺到它極具現代性，它不僅呈現當時的社會，也犀利地穿越時空，預見了我們當下社會的人的困境。當我們讀到劇中的年輕作家特列普列夫為創新而強說愁，會不禁想到我們自己身上或多或少的死文青性格，看到成名女演員阿爾卡金娜眷戀過往的名聲，會想到我們心底那份壓不住的自我感覺良好的虛榮，看到被現實生活牽著走的知名作家特里戈林，會想到自己的意志其實比他軟弱多了⋯⋯

　　無論對契訶夫或彼時的讀者觀眾，甚至對現今的人來說，《海鷗》都是劃時代的作品，雖然中文譯本已經不少，我選擇在《海鷗》出版一百二十週年時重新翻譯，相信是有必要也有意義，而且對我個人有重大啟發。契訶夫寫的正是身為一個人面對社會所遭遇的問題，或者說是個人理想與現實生活衝突所產生的感受，當個人化身為海鷗時，該要順著自由的意志飛翔，還是遷就現實的障礙停息，兩者之間拉扯的過程就是這部作品關注的重心。

　　我試著感受契訶夫文本的時空，以當下的眼光來詮釋翻譯，漸漸地，好像看到了一些東西，我寫下來作為後記，或許現在還只是輪廓，不論以後是否有機會描繪出全貌，這段跟契訶夫的劇本一起走的路都是美好！

看戲、演戲到寫戲

契訶夫從小便愛看戲，喜歡參與家庭戲劇演出，十八歲仍就讀中學的時候，就寫了一齣長篇幅的戲《沒有父親的人》（或稱《普拉東諾夫》），但生前未發表。大約十年後他已經是頗有名氣的小說家，一八八七年受莫斯科的科爾什劇院老闆的邀請寫戲，他很樂意，花十天就寫完劇本《伊凡諾夫》（這個最初版本是四幕喜劇），同年十一月在該劇院首演獲得成功，但評論反應兩極，此劇雖然排不上契訶夫的名劇之列，也堪稱他在一八八〇年代最重要的一齣戲，這是契訶夫第一齣被搬上舞台的劇本，劇中也含括了「破壞戲劇形式規則」、「以平凡人為主角」、「劇裡沒有天使，也沒有惡棍」、「沒有誰對誰錯」等後來他所強調的新戲劇特徵。

契訶夫似乎特別愛喜劇類型的戲，《伊凡諾夫》的後一年他寫了兩齣獨幕笑鬧劇（或稱輕歌舞劇）——《熊》和《求婚》，票房都不錯。但接著寫的喜劇《林妖》，在一八八九年底於莫斯科的阿布拉莫娃劇院首演反應不佳，讓契訶夫嘗到挫折，此劇多年後被改寫為四幕鄉村生活劇《凡尼亞舅舅》。從《林妖》失敗之後到《海鷗》創作之前，五年間他只寫了五部獨幕劇，其中就有四部是笑鬧劇。

總計契訶夫一生連改寫版算在內共創作約二十部劇本，其中喜劇、輕歌舞劇、笑鬧劇這類以「笑」為主導的劇就占了超過五成，包括初進劇場界的《伊凡諾夫》、自

己很看重的創新劇《海鷗》和生命中最後一齣《櫻桃園》，這三齣關鍵的戲的副標都是四幕喜劇，相當值得玩味。

契訶夫式的喜劇

契訶夫十三歲時在家鄉塔干羅格第一次上劇院看戲，劇碼是賈克・奧芬巴哈的輕歌劇《美麗的海倫》，他深受這種具有喜劇歡樂特質的劇種吸引，看了許多這類的戲，他說過：「劇院曾給我許多美好回憶……對我來說，沒有任何事比待在劇院更愉快的了……」中學時的觀戲經驗大大影響了未來契訶夫的寫作，包括他剛出道寫的幽默小品、嚴肅小說裡的幽微嘲諷，以及許多標榜喜劇、笑鬧劇的劇本創作。

契訶夫愛寫輕鬆的喜劇類型劇，一方面有大眾戲院的市場需求，二方面也反映出生活中的平凡人性，樂觀的他曾多次宣揚這種散播歡笑的劇種，比如他在筆記本上寫過：「輕歌舞劇讓人習慣笑，而人一笑就健康了。」還有他在雅爾達病重時曾對作家布寧說：「要是能寫出萊蒙托夫的〈塔曼〉這種小說，再寫一部好的輕歌舞劇，那就死而無憾了！」——他把這兩件作品相提並論就很有喜感。

他作品中的笑不單單是帶給人歡樂或諷刺人性惡習，有時候更重要的是，要讓人去感受一種心靈上自由與僵化的矛盾衝突，因此，體會契訶夫的笑，或許更能理解他賦予作品的全面意義。

　　剛開始讀《海鷗》，看到前兩句問答大概會感到很新鮮：「為什麼您總是穿黑衣服？」——「這是為我的生活守喪。我很不幸。」契訶夫藉瑪莎的回答來打開自己作品常見的「生活已死／不能再這樣生活下去了」的主題，然而重讀幾次，又經楊澤老師提醒《哈姆雷特》開端也有類似的場景——喪父的哈姆雷特對母親詢問他外貌時答說：我漆黑的喪服，也無法表現我內心的陰鬱。這時候把哈姆雷特的國仇家恨與瑪莎個人單戀失敗的小惆悵放在一起，兩相對照下笑意就湧了出來。

　　《海鷗》中讓我感到好笑的，是劇中人多半無法認清自己，滿以為有能力得到與欲望相應的人生位置，始終活在自己的夢想世界裡，而劇中能認清的人卻也假裝世故，賣弄這份看清自己的感傷情調。像前面提到瑪莎形象中這種崇高與卑微的對比，還有真真假假、得失之間的情緒落差的安排，在契訶夫劇作中常會出奇不意地引發笑意，營造喜劇那種「嘲笑低俗」的氛圍，但笑過之後劇中人最終有沒有產生覺醒？看到第四幕末尾，以阿爾卡金娜為首那一群被現實俘虜的人，一回到家就打牌玩樂，還說：「遊戲很無聊，但如果玩慣了，也還不錯。」——他們無意識地埋葬著自己的生活，殊不知自己正在跳一支死亡之舞，當眼尖的觀眾好不容易醞釀出喜劇高潮的情緒，期待誰來給這些人呼巴掌，這時候契訶夫似乎又想打破既有的戲劇規則，因為在這些平凡人之中「沒有誰對誰錯」，他以自

己寫小說的慣常手法——留白，來替代傳統喜劇結尾常見的歡樂氣氛與勸世寓意，因而往往留下一抹感傷，想像詮釋空間也就大了，難怪他所謂的喜劇常讓人議論紛紛。

我看見三位契訶夫

要釐清《海鷗》的種種細節是一項繁瑣的閱讀功課，裡面牽扯了許多當時的私生活，不過，下面幾個重要事件我們可以留意一下：

一八九二年，契訶夫發表小說〈跳來跳去的女人〉，好友列維坦覺得此文的不倫戀影射他的私生活，他是一位很有女人緣、才華洋溢的知名風景畫家，當時正跟一位醫生的妻子庫夫申妮科娃談戀愛，列維坦氣得甚至提出決鬥，兩人的友誼破裂，因此絕交三年。

一八九三年，剛出道演出契訶夫的輕歌舞劇《熊》的女演員亞沃爾斯卡雅，到莫斯科演戲後認識了劇作家，起先契訶夫對她頗感興趣，密切往來了一陣子，但後來對她的舞台表現評價不高。她想出名和愛頭銜的形象極可能是阿爾卡金娜的原型。

一八九四年，愛慕契訶夫的米濟諾娃（契訶夫妹妹的學校同事）得不到戀愛對象的承諾，轉而愛上契訶夫的友人作家波塔賓科，她不顧一切與這位有婦之夫私奔至巴黎同居，生了孩子又夭折，分手後她仍愛著對方，這兩人正是妮娜和特里戈林的原型，米濟諾娃渴望成為女演員，波

塔賓科在當時是非常知名的量產作家。

　　一八九四年，列維坦帶女友庫夫申妮科娃去特維爾省的一座莊園作畫，當地有一位名流貴婦圖爾查寧諾娃和她的女兒同時愛上了他，屢獻殷勤，女友氣得跟列維坦分手。

　　一八九五年六月底，列維坦又去特維爾那座莊園跟圖爾查寧諾娃母女來往，他對自己感情世界的尷尬處境無法調解，煩惱得開槍自殺未遂（傳說他刻意不對準要害，甚至連皮肉傷都沒有），隨後寫信請契訶夫來看他。

　　一八九五年七月初，契訶夫來的時候看見列維坦頭包繃帶，神情憂鬱，還在莊園湖邊開槍打下一隻海鷗，並將死海鷗丟到愛戀他的母女倆面前。這個事件給了契訶夫明確架構新劇的靈感。畫家列維坦的一些形象化為作家特列普列夫，湖邊莊園為劇本場景，而海鷗成了劇名。

　　可以看到《海鷗》的主要人物原型皆出自契訶夫的周遭友人，但作家並非直接將生活轉貼至劇本，創作是經過剪裁、精煉又融合轉化的藝術行為，因而劇本裡我還看見三位契訶夫藏身其中：一是年輕作家特列普列夫，夢想改革劇場的熱血青年，二是知名作家特里戈林，被現實生活推著走的中年人，三是醫生多恩，冷靜旁觀的老年人。三個不同年齡世代的人反映三種人生觀，彼此也藉由對話來找尋生活的出路。契訶夫把自己切成一塊塊放進這三個角色，從他們的言行中也能窺見契訶夫的某些觀點、疑惑、焦慮，以及那時期的思緒流動。

　　或許，作家對《海鷗》實在太過投入，以致首演失敗讓他鬱悶得發病咯血，也導致提前面對死亡的威脅。

我看見三隻海鷗

　　如果我們掀開劇本表面的戀愛情節，會發現裡面談的一大重點是「成長」，談如何面對現實這件事。這一點連繫到契訶夫長期關注的「套中人」的人生困境——人對生活欲求不滿，卻總是緬懷過去，抱怨現在，幻想未來，活在虛無之中，滿口改革之道卻又無力行動，成了困在自己想法之中的「套中人」。

　　《海鷗》裡的象徵跟人生與成長有緊密的意象，令人咀嚼有味。首先就是海鷗這隻象徵自由的鳥兒，牠與大自然湖水的和諧互動，反映現實生活中的人對於幸福的想像與渴求。我在劇中看見了三隻海鷗，投射的三種形象便是理想與現實衝突後三條不同的人生道路：一、被打死的海鷗是被現實生活擊垮的人（即放棄自己的特列普列夫），二、海鷗標本是被現實俘虜的人（即沒有個人意志的特里戈林等人），三、自由飛翔的海鷗是不向現實屈服的人（即受挫折仍相信理想使命不斷找機會當上演員的妮娜）。再想想，這三條人生路不就正在我們眼前身旁！而我們又走在哪條路上？

　　然而，當時並不是所有人都看見了三隻海鷗。我們知道《海鷗》在一八九六年的首演是失敗的，儘管後續幾次

演出漸有好評，但失敗的印象已經深植人心，兩年後《海鷗》第二版在莫斯科藝術劇院成立後演出才起死回生，獲得成功，海鷗也成了這個劇院的標誌。看來應該是件好事，其實這個成功並沒有讓契訶夫太開心，因為導演斯坦尼斯拉夫斯基把契訶夫原本設定的喜劇導成了以悲劇為主調的戲，把其中那隻象徵意義最高的「自由飛翔的海鷗」給模糊掉了，其中一個關鍵是妮娜這個角色的詮釋。

　　契訶夫早在一八九六年《海鷗》彼得堡首演時就跟導演卡爾波夫提到：「對我來說，妮娜這個角色是這齣戲的全部。」由此我們回想一下妮娜在劇中的位置，如果把這部劇作看成樂曲，妮娜的重要性就有如協奏曲中的獨奏樂器，可以獨力跟整個樂隊競合，成為中心所在，她與每個角色的往來流動成四個樂章——第一幕的戲中戲是序曲，形塑了她追求理想和心靈至上的形象，第二幕與特里戈林的談心為妮娜打開了一個新世界，讓她想走出去實現演員美夢，第三幕她向特里戈林告白，幕末兩人長吻，彷彿這激昂的合奏允諾她美夢將成真，第四幕是夢想受挫後面對現實的回歸平靜。儘管契訶夫盡量平均分配了主要角色的戲份，妮娜的突出地位仍不受影響。文本中妮娜是有一點天分的年輕演員，期待從鄉下到城市發展演藝事業，只不過天分有限又逢時運不濟，但她永遠懷抱理想並勇於實踐，雖然方法未必有效，從第四幕她引用屠格涅夫小說裡的話以及對特列普列夫的告別語中，可見她的使命感，看得出

來她是未來可能的第三隻海鷗，不屈不撓期待自由飛翔。

　　現代的讀者或許可以看得出來，當時的另一位導演丹欽科也可以看得出來，因為他是屠格涅夫的崇拜者，同時也熟知契訶夫的作品，不過在導戲時，斯坦尼斯拉夫斯基最終主導了舞台演員調度，他尚未十分理解契訶夫的劇本，也忽略丹欽科的建議，因此把妮娜塑造成一位天真傻氣只愛作夢的鄉下姑娘，光想演戲出名卻沒才氣。首演中最慘的是最後一幕，妮娜與特列普列夫再相逢時的痛哭，她胡言亂語，歇斯底里中完全喪失了屠格涅夫式結尾特有的「相信自己的神聖使命感」。對契訶夫來說，這不是他預設的女主角心靈成長後的形象——「我的精神力量一天天成長茁壯……我有信念之後，就不那麼痛苦了，當我想到自己的使命，就不再害怕生活了」，契訶夫對這最後一幕的痛哭和絕望非常不滿，他認為斯坦尼斯拉夫斯基的詮釋削弱了藝術作品的想像空間。契訶夫也並非預見妮娜將來會成功，而應是樂見她面對了現實踏出相信自己的一步，踩著泥濘的步伐繼續朝夢想前進，此時，妮娜便成了此劇中唯一一位心靈成長的角色。

　　後來莫斯科藝術劇院在一九〇五年《海鷗》改版重演時，導演斯坦尼斯拉夫斯基顧及各方意見，換掉了原先演妮娜的女演員，採納了契訶夫的原意。至此，三隻海鷗的形象完整了，儘管契訶夫無緣親眼見到，但他的藝術作品會永遠留在世世代代讀者的心裡。

契訶夫之海鷗年表

編輯、圖說／丘光

一八六〇年

一月十七日（即新曆一月二十九日，以下日期除特別標示外，皆為俄曆），安東‧帕夫羅維奇‧契訶夫出生於俄羅斯亞述海濱塔干羅格市的商人之家，為家中第三子。

一八六七年

契訶夫和哥哥尼古拉，一起進入希臘教區小學就讀（根據大哥亞歷山大的說法，這是父親打算培養他們倆日後方便跟希臘人做生意）。從這年開始與兩位哥哥一起在父親組織的教會合唱團唱歌。

一八六八年

八月，轉至塔干羅格中學預科班就讀；學校其中一位神學科老師波克羅夫斯基幫他取了外號「契洪特」，這也是日後契訶夫最重要的一個筆名。

一八七三年

秋，第一次到劇院看戲，欣賞法國作曲家賈

下圖為俄國風景畫家列維坦（I. Levitan, 1860-1900）幫契訶夫畫的肖像（原圖為彩色），1886年。他們兩位是同年的好友，各自在繪畫與文學上取得成就，兩人一生有爭吵也友好，他們都熱愛大自然，藝術風格相互影響；列維坦的人生故事經常被契訶夫寫進作品中，包括劇本《海鷗》的主要戀愛情節、場景和劇名，都是列維坦貢獻的。

克‧奧芬巴哈的輕歌劇《美麗的海倫》。
這年第一次有了對文學寫作的構思，考慮
改寫果戈里的小說《塔拉斯‧布里巴》為
悲劇。

一八七四年
這年開始熱中參與家庭戲劇表演，飾演過果戈
里《欽差大臣》中的市長。到中學畢業之
前經常到劇院看戲。

一八七五年
六～七月，隨爺爺葉戈爾到亞美尼亞人的大薩
雷村辦事，在那裡遇見一位美麗的女孩，
日後據此回憶寫下小說〈美人〉。

一八七六年
契訶夫的父親破產，為了逃避債務監獄，全家
搬到莫斯科，留下安東和小一歲的弟弟伊
凡，一年後弟弟到莫斯科與家人會合。

一八七七年
三月二十日～四月十日，復活節假期首度去莫
斯科，探親、看戲、逛街。
十月，開始把自己的幽默小品文寄給大哥亞歷
山大嘗試投稿。

一八七八年
首次創作戲劇《沒有父親的人》（又稱《普
拉東諾夫》），生前未發表，作家過世後

1874 年中學時期的契訶夫。
他十三歲開始上劇院看戲，劇碼
是賈克‧奧芬巴哈的輕歌劇《美
麗的海倫》，他深受這種具有喜
劇歡樂特質的劇種吸引，到中學
畢業前把小鎮上能看的戲都看了
（包括《海鷗》劇中提到的《被
搶劫的郵局》），這成了他青春
期孤獨在家鄉上學的苦中作樂，
他說過：「劇院曾給我許多美好
回憶……對我來說，沒有任何事
比待在劇院更愉快的了……」
此時的觀戲經驗大大影響了未來
契訶夫的寫作，包括他剛出道寫
的幽默小品、嚴肅小說裡的幽微
嘲諷，以及許多標榜喜劇、笑鬧
劇的劇本創作。

十九年才被發現。

一八七九年

三月十二日，爺爺過世。

六月十五日，中學畢業，獲塔干羅格市議會每
　個月二十五盧布的獎學金。

八月八日，到莫斯科，與全家人住在現在的水
　管街一間潮溼的地下室，再加上兩位中學
　同學寄宿。

九月，進入莫斯科大學醫學系。

十一月，被《鬧鐘》雜誌退稿；與妹妹在大劇
　院聽格林卡的歌劇《為沙皇獻身》。

一八八〇年

三月九日，首次刊登文章，在彼得堡的幽默文
　學週刊《蜻蜓》發表《給博學鄰居的一封
　信》；今年在此雜誌總共發表了十篇作品。

六月六日，普希金紀念碑在莫斯科市中心揭
　幕，二哥尼古拉在現場作畫，喜歡普希金
　的契訶夫很有可能也在場。

十二月七日，小說〈藝術家的妻子〉刊在《分
　鐘報》，署名「唐‧安東尼奧‧契洪特」。
　進大學的頭幾年，他在畫家哥哥尼古拉的
　介紹下，認識了畫家列維坦、建築師舍赫
　捷利、畫家科羅溫、畫家涅斯捷羅夫。

一八八一年

十一月，西班牙小提琴家薩拉沙泰巡迴演出至
　莫斯科，契訶夫去聽演奏會與他結識。

契訶夫中學畢業，1879 年。
中學時期寫的劇本《沒有父親的
人》，被認為是契訶夫「後來新
戲的信使」，這裡面傳達的許多
情節、動機、事件、人物性格，
都在日後的劇作中一再呈現，比
如：「煩悶啊！」、「生活毀掉
了！」、「我害怕生活」、「我
要工作」，還有變賣地產、開槍
自殺等情節，更值得注意的是，
在他年少時就很懂得避免受到當
時通俗劇的影響，也不太使用大
部分的戲劇手法或花招，整體看
來，它直接影響了下一部長篇劇
作《伊凡諾夫》。或許甚至可以
說，契訶夫的戲劇創作，其實從
他十八歲起就開始朝著創新的路
上走了。

十二月二十九日，在《鬧鐘》雜誌認識作家吉
　利亞羅夫斯基。

十二月底，收到薩拉沙泰從羅馬寄來的紀念照
　片，上面用義大利文寫：「給我親愛的朋
　友安東尼奧‧契洪特醫生，以示對醫學的
　感謝……」

一八八二年
在《莫斯科》、《鬧鐘》、《光和影》、《讀
　者》、《同路人》、《日常對談》等雜誌中，
　共發表了三十二篇作品，並於年底受邀與
　《花絮》雜誌合作。準備出版原本應是第
　一部作品集的《玩鬧》，由二哥尼古拉插
　畫，後來可能未通過審查而沒能出版。

一八八三年
五月～六月，在莫斯科省沃斯克列先斯克度
　夏，並到地方自治醫院實習。

七月，《花絮》刊登〈一個小官員之死〉，十
　月，《花絮》刊登〈胖子與瘦子〉，這兩
　篇成為早期的經典代表作。

一八八四年
五月，出版首作《墨爾波墨涅的故事》（署名
　「A‧契洪特」）。

六月，從莫斯科大學畢業，獲醫生執照，短暫
　行醫數月。

十二月七日～十日，第一次嚴重的咯血（肺部
　問題）。

劇本《伊凡諾夫》最初的
四幕喜劇版在審查機關存
檔的作品篇名頁。

1887 年契訶夫受莫斯科
的科爾什劇院老闆的邀請
寫戲，他很樂意，花十
天就寫完劇本《伊凡諾
夫》，同年 11 月在該劇
院首演獲得成功，頗出乎
契訶夫的意料之外，不過
評論反應兩極。此劇雖然
排不上契訶夫的名劇之
列，也堪稱他在一八八〇
年代最重要的一齣戲，這
是契訶夫第一齣被搬上舞
台的劇本，劇中也含括了
「破壞戲劇形式規則」、
「以平凡人為主角」、「劇
裡沒有天使，也沒有惡
棍」、「沒有誰對誰錯」
等後來他所強調的新戲劇
特徵。

一八八五年

五月，開始與《彼得堡日報》合作。

十二月，首度去彼得堡，認識《新時代》報的
　　負責人蘇沃林，受邀寫稿，兩人開始長期
　　通信。

一八八六年

二月十五日，首次在《新時代》刊登作品〈安
　　靈祭〉，首次以本名「安・契訶夫」發表。

三月，作家德米特里・格里戈羅維奇寫信給
　　契訶夫：「你擁有真正的天賦，而這天賦
　　會讓你成為新世代的作家……我相信你一
　　定能夠寫出具有藝術家特質的完美作品！」
　　他並鼓勵契訶夫寫嚴肅的題材。

一八八七年

九月，出版小說集《在黃昏》，此書獻給作家
　　德米特里・格里戈羅維奇。

十月初，完成喜劇《伊凡諾夫》，十一月，在
　　莫斯科的科爾什劇院首演，這是契訶夫的
　　劇本第一次在舞台演出。前往塔干羅格等
　　地旅行。開始嘗試長篇小說。

一八八八年

五月，出版《故事集》，非常暢銷，多次再刷。

六月，《北方通報》刊登中篇小說〈燈火〉，
　　被認為帶有相當的作者私密特質。

八月，獨幕笑鬧劇《熊》發表於《新時代》。

九月～十月，改寫喜劇《伊凡諾夫》為戲劇。

上圖為 1887 年 11 月 19 日《伊
凡諾夫》在科爾什劇院首演的海
報。之後一年他又寫了獨幕笑
鬧劇《熊》給科爾什劇院，票房
大好，全國各地紛紛演出此劇。
契訶夫愛寫輕鬆的喜劇類型劇，
一方面有大眾戲院的市場需求，
二方面也反映出生活中的平凡人
性，樂觀的他曾多次宣揚這種散
播歡笑的劇，比如他在筆記本上
寫過：「輕歌舞劇讓人習慣笑，
而人一笑就健康了。」還有他在
雅爾達病重時曾對作家布寧說：
「要是能寫出萊蒙托夫的〈塔
曼〉這種小說，再寫一部好的輕
歌舞劇，那就死而無憾了！」
下圖為位於莫斯科市中心的科爾
什劇院的立面設計圖。

十月二十八日，《熊》在莫斯科的科爾什劇院
　首演大獲成功。
十月，小說集《在黃昏》獲得科學院的普希金
　獎。

一八八九年
一月三十一日，《伊凡諾夫》在聖彼得堡亞歷
　山德林斯基劇院首演。
六月十七日，二哥畫家尼古拉因肺結核過世，
　帶給作家至深的悲痛。
十月十四日，柴可夫斯基來訪，討論合作改編
　萊蒙托夫小說《當代英雄》中的〈貝拉〉
　為輕歌劇的構想。
十二月二十七日，四幕喜劇《林妖》在莫斯科
　的阿布拉莫娃劇院首演。

一八九〇年
三月，出版小說集《陰鬱的人》，獻給柴可夫

女演員米濟諾娃（L. S. Mizinova,
1870-1939）於 1880 年代末與契
訶夫認識，被作家暱稱「美麗的
麗卡」，契訶夫給她的信經常開
曖昧的玩笑，留給她許多愛情的
想像空間。米濟諾娃深愛契訶夫
卻得不到回應後，1894 年 3 月
她愛上一位契訶夫的朋友波塔賓
科，並跟著已婚的他私奔去巴黎
同居，懷孕之後卻被拋棄，女兒
兩歲時病死。
1894 年 9 月她給契訶夫的信上
說：「我非常非常不幸。您別笑。
從前的麗卡已經消失無蹤，而我
認為，我還是不得不說，都是您
的錯！」

左圖為契訶夫家庭與友人合影，
前排白衣者為契訶夫，正中央是
妹妹瑪麗雅，她的右手邊就是米
濟諾娃。

斯基。

四月二十一日，出發前往庫頁島，花兩個半月
　　穿越西伯利亞；

六月二十～二十六日，乘渡輪沿黑龍江東行，
　　讚嘆自然之美，「想永遠留在這裡住」；

七月十一日，抵達庫頁島，「我看見了一切，
　　現在的問題不是我看到了什麼，而是我怎
　　麼看到的……我們須要工作，其他的都別
　　管了，重要的是，我們要做對的事，其他
　　一切也將隨之轉好。」《新時代》刊登這
　　時期的旅遊隨筆。

十月十三日離開庫頁島，搭船南行經香港、新
　　加坡、斯里蘭卡等地，再過蘇伊士運河抵
　　達黑海的敖德薩，十二月八日返回莫斯科。

一八九一年

一月，前往聖彼得堡，和司法部門官員科尼會
　　面，討論如何改善庫頁島孩子們的生活。

二月～三月，寄了七箱書到庫頁島，提供給當
　　地學校。

三月，和蘇沃林一起出國到歐洲各地旅行；五
　　月，回到莫斯科。

波塔賓科（I. N. Potapenko, 1856-1929）是烏克蘭出身的小說家、劇作家，1890年代，他在全國的知名度極高，甚至在外省地方還比托爾斯泰有名。但評論家發現他創作量產有其一定的公式，而且幸福結局有點造作。契訶夫得知波塔賓科和米濟諾娃兩人的事情後很不滿，把他們的感情故事寫進《海鷗》中，兩人即是特里戈林和妮娜的原型。但波塔賓科不以為意，仍主動幫契訶夫修改《海鷗》以通過審查機關的刁難，1896年此劇才順利在彼得堡演出。

左圖是俄國1890年代三位知名的小說家兼劇作家合影，由左至右：契訶夫、瑪明－希比里亞克（D. N. Mamin-Sibiryak, 1852-1912）、波塔賓科，1896年。

夏天，和家人一起前往圖拉省阿列克辛的鄉間
　別墅度假，之後搬到不遠的奧卡河附近的
　博吉莫沃村，在這裡寫《庫頁島》、〈決
　鬥〉。

一八九二年

一月，在《北方》發表〈跳來跳去的女人〉，
　導致與畫家列維坦（自覺此文影射他）關
　係破裂，後者甚至提出決鬥。

三月，在莫斯科省的梅利荷沃買了一塊地，之
　後全家搬到這裡的莊園。夏天，霍亂疫情
　爆發，積極參與醫療工作的契訶夫回憶：
　「我們這些鄉村醫生都準備好了……從七
　月到八月，我至少看診了五百位病患，大
　概還可能有上千人。」

十一月，在《俄羅斯思想》雜誌發表〈第六病
　房〉。

一八九三年

出版小說《第六病房》。在《俄羅斯思想》發
　表《庫頁島》的部分內容。

十月，收到柴可夫斯基過世的電報。在梅利荷
　沃舉行新年除夕晚會，參加者包括米濟諾
　娃和作家波達賓科。

一八九四年

一月，在《藝術家》發表小說〈黑修士〉，主
　角的精神問題引發熱烈討論，契訶夫表示
　多數評論家都沒看懂。

列維坦自畫像，1880 年。

1895 年 6 月底，列維坦去特維爾一座莊園作畫，當地一位貴婦人和她的女兒雙雙愛上他，害他失去了原本的女友，他煩惱得開槍自殺未遂，隨後寫信請契訶夫來看他。7 月初，契訶夫來的時候看見列維坦頭包繃帶，神情憂鬱，還在莊園湖邊開槍打下一隻海鷗，並將死海鷗丟到愛戀他的母女倆面前。契訶夫帶了一本剛出版的《庫頁島旅行記》送他，還在扉頁題詞：「給親愛的列維坦，送你這本書，以防你為了爭風吃醋殺人而流落此島。」

這個事件給了契訶夫明確構思新劇的靈感：愛情糾葛、開槍自殺、湖邊莊園、海鷗——都被寫進《海鷗》劇本中。

三月，因為健康狀況日見惡化，去克里米亞療
　　養。
四月，在《俄羅斯公報》發表小說〈大學生〉，
　　契訶夫自己很喜歡此作。
九月，出國至歐洲各地旅行。

一八九五年

一月，與畫家列維坦絕交三年後，恢復友誼關
　　係，列維坦至梅利荷沃莊園拜訪。
二月，在《俄羅斯思想》發表小說〈二年〉。
五月～六月，出版《庫頁島》。
六月底，列維坦在特維爾省的戈爾卡莊園作畫
　　時，因感情問題「試圖自殺」未遂，之後
　　在湖邊槍殺了一隻海鷗——契訶夫去探望後
　　從這個事件中得到兩部作品的靈感：〈帶
　　閣樓的房子〉和《海鷗》。
八月，前往圖拉省的晴園，第一次和托爾斯泰
　　會面。
十月～十一月，動筆寫戲劇《海鷗》。
十二月，在《俄羅斯思想》發表小說〈阿麗阿
　　德娜〉；認識作家布寧。

一八九六年

一月～二月，前往聖彼得堡兩次，與作家科羅
　　連科、作家波達賓科、作家阿維洛娃會面。
二月，前往莫斯科與托爾斯泰會面。
四月，在《俄羅斯思想》雜誌發表〈帶閣樓的
　　房子〉。
八月底～九月中，遊覽俄羅斯南方與高加索等

女演員亞沃爾斯卡雅（L. B.
Yavorskaya, 1871-1921）　於
1893年在愛沙尼亞的塔林初
登舞台演出契訶夫的輕歌舞劇
《熊》，同年夏天轉至莫斯科的
科爾什劇院與謝普金娜－庫佩爾
尼克成為同事好友，因而認識契
訶夫。
1895年1月，契訶夫從梅利荷
沃搬到「大莫斯科」旅館（離她
的旅館很近）住了一段時間，傳
出與她有戀情的緋聞，鬧得很
大，連米濟諾娃都語帶醋意地問
契訶夫什麼時候要跟亞沃爾斯卡
雅結婚。
後來契訶夫對她的舞台表現評價
不高，她想出名和愛頭銜的形象
極可能是《海鷗》裡的阿爾卡金
娜的原型。

地。

十月，聖彼得堡的亞歷山德林斯基劇院排演
《海鷗》，十月十七日，《海鷗》首演遭
受挫敗。

一八九七年

一月，參與謝爾普霍夫縣的人口普查。

三月二十五日～四月十日，因大咯血住院。

四月，在《俄羅斯思想》雜誌刊登未經審查的
中篇小說《農民》，對農民處境的寫實刻
畫引起社會激烈爭論。

五月，蘇沃林的出版社出版了契訶夫的《劇本
選》（其中包括初刊登的《凡尼亞舅舅》）。

十月～十一月，為《俄羅斯公報》寫短篇小說
〈在祖國的角落〉、〈佩臣涅格〉。

十二月，關注法國「德雷弗斯事件」相關報導
後表示：「在我看來，德雷弗斯無罪。」

女演員科米薩爾日芙斯卡雅（V.
F. Komissarzhevskaya, 1864-
1910），很受契訶夫欣賞，兩人
長期通信維持友誼。

科米薩爾日芙斯卡雅於 1896 年演
出《海鷗》的妮娜劇照，她的表現
令契訶夫印象深刻，是作家對這齣
戲首演失敗的唯一安慰。

契訶夫曾讚美她：「沒有人像她這
麼真真實實又深刻地了解我（的
戲）……她是絕佳的演員」。

她後來成為舞台巨星，1904 年成
立自己的劇院，契訶夫過世前曾
寫信允諾要為她量身打造一齣新
戲：「為妳寫戲是我長久以來的夢
想……」，無奈因身體狀況而無法
實現。

一八九八年

一月，因「德雷弗斯事件」立場與《新時代》
　不同，與蘇沃林不再往來。

五月，回到梅利荷沃，收到導演涅米羅維奇－
　丹欽科的來信，請求准許《海鷗》在莫斯
　科大眾藝術劇院演出。契訶夫和他會面詳
　談後同意。

五月～六月，寫短篇小說〈姚內奇〉、〈套中
　人〉、〈醋栗〉、〈關於愛情〉。

九月九日～十四日，參與莫斯科藝術劇院《沙
　皇費奧多爾‧尤安諾維奇》、《海鷗》的
　排演。

九月十五日，到雅爾達，與詩人巴利蒙特、歌
　唱家沙里亞賓、作曲家拉赫曼尼諾夫會面。
　到塞瓦斯托堡附近的格奧吉耶夫斯基修道
　院旅行。

十月十二日，父親在疝氣手術後過世。

十一月九日，拉赫曼尼諾夫將《懸崖》幻想曲
　獻給契訶夫，此曲靈感來自契訶夫短篇小
　說〈在路上〉。

女作家阿維洛娃（L. A. Avilova,
1864-1943）於 1889 年 1 月 29
日在《彼得堡報》的發行人胡杰
科夫（她的姊夫）家中認識契訶
夫，後來常向契訶夫諮詢寫作上
的意見，雙方長期保持友誼。阿
維洛娃與先生的婚姻不幸福，她
不愛先生，而先生輕視她的寫
作；她認為〈關於愛情〉就是她
和契訶夫之間的故事。她過世前
幾年寫的回憶錄小說《我生命中
的契訶夫》，仍對契訶夫念念不

忘：「我越來越喜愛孤獨、安寧、靜謐，以及夢想，
這夢想就是契訶夫。在夢想中我們兩人還年輕，並且
在一起。我在這筆記本中所寫的，試圖釐清紊亂異常
的一團絲線，要解決一個問題：就是我們倆是否愛過？
他愛過？或我愛過？……我無法釐清這個線團。」
她曾送過契訶夫一個刻有暗語的墜子示愛，這件事被
放進《海鷗》的情節裡。

十一月～十二月，為了薩瑪拉省的饑民辦勸募
　　會；寫〈出診〉、〈公差〉、〈寶貝〉、〈新
　　別墅〉。
十二月七日，《海鷗》在莫斯科藝術劇院首演。
　　涅米羅維奇－丹欽科來電報：「《海鷗》
　　的演出受到熱烈歡迎。從第一幕開始喝采
　　就接連不斷。無止境的謝幕。我說明作者
　　不在劇院內，大家要以自己的名義發電給
　　契訶夫致意。我們高興極了。」

一八九九年

一月，小說〈公差〉刊出。
三月十九日，與來訪雅爾達的作家高爾基認
　　識。
四月初，和作家庫普林認識，與布寧會面。
四月十日，到莫斯科，與演員克妮珀、托爾斯
　　泰會面；契訶夫決定把《凡尼亞舅舅》交
　　給莫斯科藝術劇院演出。
六月十二日，訪塔干羅格，自新羅西斯克出
　　發，在那與克妮珀會面。
十月二十六日，《凡尼亞舅舅》在莫斯科藝術
　　劇院首演。
十二月，馬爾克思出版社發行契訶夫作品集的
　　第一卷。在《俄羅斯思想》刊登小說〈帶
　　小狗的女士〉。

一九〇〇年

一月，刊出〈在聖誕夜〉、〈在峽谷〉；畫家
　　列維坦到雅爾達作客；得知托爾斯泰的病

涅米羅維奇－丹欽科（V. I.
Nemirovich-Danchenko,
1858-1943），年輕時經
常發表劇評，自己也寫劇
本、小說，後來在學校教
表演；與契訶夫在 1880
年代就認識，長期關注契
訶夫在文壇的發展，熟
知他的作品，曾說：「雖
然契訶夫常叫我寫輕歌舞
劇，說可以賺錢，但他自
己寫的笑鬧劇可不只是好
笑，裡面有活生生的人
物，不單單是舞台上嬉鬧
的角色而已，他們用自己
的語言說話，充滿幽默，
意外也別有滋味。」
他與斯坦尼斯拉夫斯基規
畫新劇院時，就鎖定《海
鷗》，他力勸契訶夫把這
齣戲交給他們重新詮釋，
結果演出一如預期成功。
契訶夫過世後，他評價契
訶夫是新戲劇的奠基者。

情後寫：「我害怕托爾斯泰的死亡。如果
他死了，那我的生活便會出現一大塊空白。
第一，我比誰都愛他；我是沒有信仰的人，
但我想在所有信仰中，只有他的信仰讓我
感到親近。」

四月十日～二十三日，莫斯科藝術劇院在塞瓦
斯托堡及雅爾達巡演；觀賞《凡尼亞舅舅》、
《海鷗》；契訶夫在家中持續和劇院演員、
作家高爾基、布寧、庫普林等人聚會。

五月，到莫斯科拜訪病危的列維坦；與高爾基、
畫家瓦斯涅佐夫、作家阿列克辛一起前往
高加索地區旅行。

六月，克妮珀到雅爾達作客。

八月～十月，開始寫戲劇《三姊妹》。

十月底在莫斯科為藝術劇院的團員朗讀此劇。

十一月，畫家謝羅夫為契訶夫畫肖像（未完
成）。

十二月十一日，出國，在法國尼斯修改《三姊
妹》的劇本；至義大利的比薩、佛羅倫斯、
羅馬等地旅遊。

一九〇一年

一月三十一日，《三姊妹》在莫斯科藝術劇院
首演。

二月初，自敖德薩返雅爾達；和布寧時常會面；
《三姊妹》在雜誌《俄羅斯思想》刊出。

五月十一日，前往莫斯科，醫生建議飲用馬奶
酒治療肺病。

五月二十五日，與克妮珀在莫斯科省奧夫拉日

斯坦尼斯拉夫斯基（K. S.
Stanislavsky, 1863-1938）與妻
莉琳娜（M. P. Lilina, 1866-
1943）合影，1900年。

斯坦尼斯拉夫斯基於1877年開
始業餘演出，1888年成立莫斯
科藝術文學會，讓自己有更多專
業演出機會後漸漸成名。1889
年與莉琳娜結婚。1897年丹欽
科邀請他討論共同成立新劇院，
相談甚歡。1898年莫斯科藝術
劇院成立，他向團員宣揚他的理
想：「要創辦第一間理性又道德
的大眾劇院，並奉獻一生達成此
目標。」這個劇院為俄國戲劇史
開創新的一頁，而他個人也從表
演、導演到一代戲劇理論大師。
莉琳娜演過契訶夫在莫斯科藝術
劇院的四大劇，包括1898年《海
鷗》中的瑪莎，契訶夫高度讚揚
她的表演天分。

克的一間教堂結婚；給母親電報：「親愛
　的媽媽，祝福我吧，我結婚了。一切如常。
　我去喝馬奶酒治療。」
七月一日，偕新婚妻子回到雅爾達。
九月十七日，前往莫斯科參與藝術劇院的排演
　《三姊妹》，修改劇本，九月二十一日演出。
十一月，與生病療養中的托爾斯泰在克里米亞
　的加斯普拉會面。

一九○二年
二月二十日，完成短篇小說《主教》（由《大
　眾雜誌》四月號刊出）。
五月二十四日，作家科羅連科到雅爾達拜訪契
　訶夫，兩人說定為了抗議官方取消高爾基
　的科學院榮譽院士資格，決定一同請辭榮
　譽院士頭銜。
五月二十五日，與妻子抵達莫斯科。
六月初，向斯坦尼斯拉夫斯基說明《櫻桃園》
　的構想。
六月下旬，到商人莫羅佐夫（莫斯科藝術劇院
　的主要贊助者）領地佩爾姆省烏索利耶旅
　行，參觀他的工廠時建議他：這樣的工廠

上圖為演員克妮珀（O. L.
Knipper, 1868-1959） 她是
涅米羅維奇－丹欽科在莫斯
科音樂戲劇學校的學生，畢業
後進莫斯科藝術劇院；1898
年在排練《沙皇費奧多爾·
尤安諾維奇》和《海鷗》時認
識契訶夫，她的舞台樣貌非常
吸引契訶夫，讓他一見鍾情，
兩人在 1901 年結婚。契訶夫
支持她在莫斯科的舞台事業，
自己則住在雅爾達養病寫作。

右圖為 1898 年克妮珀演出《海
鷗》的阿爾卡金娜，第三幕她
抱著特里戈林（斯坦尼斯拉夫
斯基飾演）的頭說：「你是我
的⋯⋯」

不應該一天持續運作十二個小時,之後,
　莫羅佐夫便把工時調整為八小時。

七月五日～八月十日,與妻子在柳比莫夫卡別
　墅度夏。

八月十四日,回到雅爾達。

八月二十五日,去信科學院請辭榮譽院士頭
　銜。

九月,改編自己的獨幕劇《論菸草有害》收進
　《新劇大全》。

十月四日～十一月二十七日,在莫斯科寫短篇
　小說《未婚妻》。

一九〇三年

一月～四月,寫小說《未婚妻》與戲劇《櫻桃
　園》。

五月二十四日,前往莫斯科,醫生奧斯特羅烏
　莫夫診察契訶夫,不准他冬季時住在雅爾
　達。

六月,聯絡作家維列薩耶夫:「《未婚妻》稿
　子我撕掉了,重新再寫。」

九月十五日,完成《櫻桃園》,告知他很欣賞
　的莫斯科藝術劇院演員莉琳娜:「我這次
　寫的不是戲劇,是喜劇,甚至可以說是輕
　歌舞劇。」

十月十四日,將《櫻桃園》手稿寄至莫斯科。

十一月三日,同意讓高爾基將《櫻桃園》出版,
　收入《知識》集刊裡。

十一月二十五日,《櫻桃園》在刪去特羅菲莫
　夫的兩場獨白後通過審查。

上圖為梅耶荷德(V. Meyerhold, 1874-1940),他是涅米羅維奇一丹欽科在莫斯科音樂戲劇學校的學生,與克妮珀同期畢業,也隨即進莫斯科藝術劇院。

1902 年後,他發現自己與斯坦尼斯拉夫斯基的導演理念不同,離開莫斯科藝術劇院自己做獨立導演事業,後來也成立自己的劇院。他是二十世紀非常重要的導演和戲劇理論大師。

下圖右是 1898 年他演出《海鷗》的特列普列夫。

一九〇四年

一月十七日，在莫斯科藝術劇院舉辦《櫻桃
　　園》首演暨契訶夫紀念會。

二月十四日，寫信給阿維洛娃談到創作與生
　　活：「開心些，生活別太鑽牛角尖，這樣
　　想必會輕鬆點。我們不知道，生活是不是
　　值得讓人痛苦思索，耗損我們俄羅斯人的
　　頭腦——這都還是個問題。」

四月初，在彼得堡展開藝術劇院巡演，《櫻桃
　　園》佳評如潮。

五月三日，前往莫斯科。身體狀況越來越糟，
　　陸續得腸炎、胸膜炎、高燒；《櫻桃園》
　　登在《知識一九〇三》集刊，為契訶夫生
　　前最後一次刊登作品。

七月一日，在德國的巴登維勒療養，妻子克妮
　　珀回憶當時的情景：「甚至死前的幾小時
　　他都還想想出一個故事逗我開心……」

七月二日，夜間一點睡夢中呼吸困難。兩點醫
　　生來看診，克妮珀後來記錄：「他要求給
　　他香檳。安東·帕夫洛維奇不知為何大聲
　　對醫生說德語（他對德語所知甚少）：『我
　　要死了……』然後拿起高腳杯，靠近我的
　　臉，令人驚訝地笑著說：『我好久沒喝香
　　檳了……』，他安然地乾杯，靜靜側過身
　　子，很快就永遠不再有聲息。」夜間三點，
　　契訶夫過世。

七月九日，葬在莫斯科新少女修道院墓園。

上圖為《花絮》雜誌 1896 年 10
月出刊的封面漫畫，畫面上方是
契訶夫拿書本騎著一隻巨大的海
鷗飛在空中，下方是獵人用各式
各樣的武器攻擊海鷗，諷刺契訶
夫的《海鷗》在彼得堡首演後被
評論界群起圍攻。

1898年莫斯科藝術劇院演出《海鷗》大獲成功，此為契
訶夫隔年為劇組朗讀《海鷗》的情形。契訶夫坐正中央
拿書，在這張傳奇照片中還可以看到：左一站者是涅米
羅維奇—丹欽科（導演），左三半站半坐者是演員克妮
珀（飾阿爾卡金娜），左三坐者是阿爾久姆（飾沙姆拉
耶夫），契訶夫右邊坐的是導演兼演員斯坦尼斯拉夫斯
基（飾特里戈林），契訶夫左邊坐的是斯坦尼斯拉夫斯
基之妻演員莉琳娜（飾瑪莎），圖右一坐的是演員梅耶
荷德（飾特列普列夫）。

1897 年 5 月，契訶夫在梅利荷沃莊園屋外台階與他喜愛的
臘腸狗希娜‧瑪爾科夫娜合影。

這是契訶夫最難過的一個冬天，前一年的 10 月 17 日《海鷗》
在彼得堡首演失敗後，他傷心地獨自先離開劇院，隔天搭火
車回梅利荷沃，卻相當罕見地把行李忘在火車上，這份鬱悶
顯然累積到來年的 3 月底更加嚴重，他的痼疾肺結核病發咯
血，住院十五天。此時病癒回家後被醫生禁止工作，享受無
所事事的契訶夫看起來仍有點虛弱，但目光炯炯，似乎在計
畫著什麼。

櫻桃園文化